Moses Wolff
Monaco Infernale

PIPER

Zu diesem Buch

Bei einem Brand im Münchner Westend kommt die Bühnenpoetin Zebra kurz vor ihrem großen Auftritt im Finale eines Poetry-Slams zu Tode. Die Polizei glaubt an einen Unfall. Doch der aus Westfalen stammende Wahlmünchner und Privatdetektiv Hans Josef Strauß, bekannt für seine ungewöhnlichen Ermittlungsmethoden, glaubt nicht an diese Version. Gemeinsam mit seinem urbayerischen Partner Quirin Hausner begibt er sich auf eine spannende Erkundungsreise durch das Münchner Literaturmilieu. Dabei besuchen sie nicht nur diverse Poetry-Slams, sondern geraten neben einer privaten Schauspielschule mit esoterischem Hintergrund auch in ein Tantra-Seminar, in pikante zwischenmenschliche Verwicklungen und zahlreiche amüsante Ereignisse voller Lokalkolorit und Situationskomik.

Moses Wolff ist ein bayerischer Schauspieler, Regisseur, Schriftsteller und Komiker. Sein mit Arnd Schimkat verfasster Roman »Highway to Hellas« wurde mit Christoph Maria Herbst in der Hauptrolle verfilmt. Er führte Regie bei dem aus seiner Feder stammenden Theaterstück »Rasputin«, gründete diverse Bühnenformate, erfand zahlreiche Bühnencharaktere. Als Schriftsteller und Zeichner arbeitet er für die *Süddeutsche Zeitung*, die Stadtzeitung *Hallo München* und das Satiremagazin *Titanic*. Moses Wolff wurde mit dem Schwabinger Kunstpreis ausgezeichnet.

Moses Wolff

Monaco Infernale

Ein Fall für Hans Josef Strauß

PIPER

Mehr über unsere Autoren und Bücher:
www.piper.de
Aktuelle Neuigkeiten finden Sie auch auf Facebook, Twitter und YouTube.

Von Moses Wolff liegen im Piper Verlag vor:
Highway to Hellas (mit Arnd Schimkat)
Monaco Mortale
Monaco Infernale

MIX
Papier aus verantwortungsvollen Quellen
FSC
www.fsc.org
FSC® C083411

Originalausgabe
Mai 2017

Umschlaggestaltung: bürosüd, München
Umschlagabbildung: EMPPhotography/Gettyimages (Hundekopf); www.buerosued.de
Satz: Satz für Satz, Wangen im Allgäu
Gesetzt aus der Minion
Druck und Bindung: CPI books GmbH, Leck
Printed in Germany ISBN 978-3-492-31056-7

Für mein liebes Franzilein

Prolog

Zebras Mund war ausgetrocknet. Vor ihr stand eine gekühlte Flasche stilles Wasser und ein Glas Orangensaft, aber sie war nicht imstande zu trinken. Ihre Müdigkeit war stärker als ihr Durst. Sie saß am Küchentisch der Künstlerwohnung im ersten Stock, direkt über der im Erdgeschoss befindlichen Bühne, auf der in fünf Stunden das große Finale stattfinden sollte. Auf dem Tisch waren vom Veranstalter oder dessen Mitarbeitern belegte Semmeln und frisches Obst für die Akteure bereitgestellt worden, außerdem Kaffee und Tee zum Selbstkochen, Säfte, Wasser und Bier. Sie starrte auf die Holzwand, auf der unzählige Aufkleber, Sprüche mit Benzinstift, Unterschriften und Poster von Musikern, Kabarettisten, Slammern, Lesebühnenperformern und Schauspielern prangten. Die Bühne »Lokschuppen« im Münchner Westend bestand schon seit Jahrzehnten, manche der hier verewigten Künstler waren bereits verstorben oder in Rente.

Am heutigen Abend würde sich vieles für Zebra entscheiden. Es war die Endausscheidung des National Poetry Slam, bei dem die besten Dichter der Republik gegeneinander antreten würden, und sie war ins Finale gekommen. Mit ihrem besten Text. Er hieß »Grundlos« und handelte vom Verlassenwerden, von vergeblicher Liebe, Sehnsucht und vor allem von Reue. Sie hatte den Text nach jenem schicksalhaften Urlaub mit ihrer Nichte Melanie geschrieben. Eigentlich hatte sie ihn *für* Melanie verfasst, aber sie hatte ihn ihrer Nichte dann doch nicht vorgetragen oder zu lesen gegeben, zu viele Missverständnisse hatten sich seither ergeben.

Die Schlaftabletten wirkten bereits. Zebra legte sich grundsätzlich vor Auftritten noch mal kurz hin, und wenn ihre Gedanken sich im Kreis drehten und sie nicht einschlafen konnte, griff sie zu den kleinen hellblauen Schlummerhilfen. Sie nahm die Tabletten oft auch abends, und so wusste sie genau, in welcher Dosis sie ihr zu einer fabelhaften Siesta von zwei bis drei Stunden verhelfen würden. Sie stellte sich den Wecker auf ihrem Smartphone. Zwar hatte sie Lucky, dem Veranstalter des National Poetry Slam und Betreiber des »Lokschuppen«, Bescheid gesagt, dass er sie um 18 Uhr wecken solle, aber seit der komischen Geschichte vor ein paar Wochen in Rosenheim rechnete sie damit, dass er es »zufällig« vergessen würde. Zebra seufzte. Die Welt war schon sehr sonderbar und zwischenmenschliche Beziehungen sowieso. Das wusste schon der große Schriftsteller, Dichter und Philosoph Charles Bukowski, den sie sehr verehrte.

Manchmal war es gut, alle bürgerlichen Ideale über Bord zu werfen und einfach nur in den Tag hinein zu leben, dachte Zebra. Lachen. Angezogen in einen See springen. Mit fremden Hunden spielen. Mit fremden Menschen schlafen. Sich ohne Hemmungen und grundlos besaufen. Da war es wieder, dieses Wort. Grundlos. Der ideale Titel für ihren Text. Sie hatte ihn nach jenem Ereignis geschrieben, das ihr Leben auf einen Schlag verändert hatte und sie bis heute belastete.

Zebra schob diese schweren Gedanken weg und konzentrierte sich lieber auf das allmähliche Eindämmern. Ihre Kehle war nun staubtrocken, also trank sie mit langsamen Schlucken den Orangensaft. Er schmeckte künstlich, aber gut. Sie erinnerte sich, dass ihr Großvater immer gesagt hatte, dass man nach einem Rausch am nächsten Morgen stark verdünnten Orangensaft trinken müsse, das bekomme dem Körper am besten.

Sie stellte das Glas auf den Tisch, ging hinüber ins Schlafzimmer, schaute noch einmal auf die Uhr – es war kurz vor 15 Uhr –, zog sich bis auf die Unterwäsche aus, legte sich ins Bett und merkte, wie ihr die Augen zufielen. Glücklich schlief sie ein. Zebra ahnte in diesem Moment nicht, dass sie nie wieder aufwachen würde.

1. Kapitel

»Varoufakis! Hierher, Varoufakis!«, rief Hans Josef Strauß. Er hatte sich bereit erklärt, den Hund seines netten griechischen Nachbarn Yiannis auszuführen, da diesen eine Sehnenscheidenentzündung an der Hand plagte. Varoufakis, ein acht Monate alter, schwarzbrauner Kurzhaardackel, lief gerne an der Isar entlang, schnupperte an den Hinterteilen junger Hündinnen und markierte wie verrückt sämtliche Bäume, Sträucher und Rasenstücke. Weil der Hund eigentlich gut folgte, ließ Hans Josef ihn frei laufen. Aber an diesem Tag war er außer Sichtweite gerannt und kam nicht wieder zurück. Vielleicht hatte er eine charmante Bekanntschaft mit einer kleinen Pekinesin oder einer hübschen Pudelfrau gemacht?

»Varoufaaaakis«, schallte die Stimme des westfälischen Wahlmünchners durch die Auen. Keine Reaktion. Da fiel Hans Josef ein, dass man bei Griechen in der persönlichen Ansprache das »s« am Wortende weglässt. Also, wenn ein Grieche mit Vornamen »Costas« heißt, sagt man, wenn man ihn begrüßt: »Yiassou Costa«, also: »Grüß dich, Costa.« Sagt man in Costas' Abwesenheit zu einer anderen Person: »Costas wohnt in Athen«, spricht man das »s« aus und sagt: »Costas si stin Athina.«

Vielleicht funktionierte dieses Prinzip ja auch bei Hunden, die von griechischen Besitzern erzogen wurden?

»Varoufaki!«, rief Hans Josef beinahe zärtlich. Siehe da, das war der Trick! Varoufakis rannte freundlich hechelnd auf ihn zu. Einmal mehr kam Hans Josef der Gedanke, dass der Gesichtsausdruck mancher Hunde an Lächeln erinnert. Warum auch nicht? Pferdewiehern klingt ja auch wie Lachen. Und Schimpansen können schöner grinsen als Menschen.

Seit seiner Trennung von Petra ging es Hans Josef Strauß rundum gut. Sein Detektivbüro war bis auf ein paar Schönheitsreparaturen fertig eingerichtet, das Verhältnis zum Vermieter war entspannt, und die Zusammenarbeit und Freundschaft mit seinem Assistenten Quirin Hausner verlief vielversprechend. Der Winter war mild gewesen, es hatte nur ein paar Tage lang geschneit, aber meistens waren die Temperaturen angenehm ausgefallen, man konnte mit dem Rad durch die Stadt fahren, und an Heiligabend hatten Quirin und Hans Josef sogar mittags am Viktualienmarkt im restlos überfüllten Biergarten gesessen. Wie schön München doch war, vor allem, wenn man sich auskannte. Über eigenartige und nur selten vorkommende Erscheinungen wie Schickimickis, Neureiche oder andere Wichtigtuer kann man mühelos hinwegsehen, dachte sich Hans Josef. In diesem Moment war er restlos glücklich, hier an der Isar, mit dem Hund, dem Geruch des klaren Wassers und der frischen Luft.

Hans Josef Strauß verkehrte am liebsten in urigen und ehrlichen Kreisen, wo man scherzte, trank und die Gemütlichkeit zelebrierte. Das war »sein Wetter«, wie er in gewohnt schlechtem Bayerisch zu verkünden pflegte. »Des ist mei Wetter.« Jeder Bayer bemerkte nach zwei Sekunden, dass er nicht von hier kam, da konnte er sich anstrengen, so sehr er wollte. Er war einfach völlig unbegabt, diesen Dialekt zu sprechen, was seinen Freund Quirin und andere Einheimische regelmäßig dazu verlockte, ihm frei erfundene Wortschöpfungen als bayerische Ausdrücke beizubringen. Die Bayern amüsierten sich dann köstlich, wenn Hans Josef Strauß die neu erlernten Begriffe in seinem unbeholfenen Bayerisch mehrfach wiederholte, um sie sich langfristig einzuprägen. Somit fanden die völlig absurden Kreationen »Roass« statt »Reis«, »Beitzler« statt »Aschenbecher«, »Zuazd« statt »Zimt« und »preimad« statt »lecker« dauerhaft Einzug in Hans Josefs Wortschatz. Er verwendete sie gern in Wirtshäusern oder beim Einkaufen – sehr zur Verwunderung der restlichen Anwesenden. Aber er war so intensiv mit der exakten Aussprache befasst, dass er nicht mal im Entferntesten auf die Idee gekommen wäre, man könnte ihn leicht schadenfroh, aber liebevoll zum Narren halten. Die irritierten Reaktionen schob er auf seine ungenaue Aussprache, an deren Verbesserung er kontinuierlich arbeitete.

Hans Josef Strauß entschied, beim Flaucher kehrtzumachen und denselben Weg wieder zurückzulaufen, nicht zuletzt, weil er sehen wollte, ob Varoufakis die Stellen ein zweites Mal markieren würde. Es war Mitte März, ein paar Bäume schlugen schon aus, und die Isar rauschte heiter vor sich hin.

Im Augenblick arbeitete er mit Quirin an einem Fall von übler Nachrede. Ein Taxifahrer aus dem Landkreis Maisach hatte sie engagiert, um herauszufinden, ob Kollegen aus München bewusst falsche Gerüchte über ihn streuten, um ihm das Leben schwer zu machen und seine Kundschaft abzuwerben. Der Grund für den Verdacht war, dass der Maisacher für seine legere Art geschätzt wurde und daher nie unbesetzt war oder an Taxiständen herumstand. Er freute sich über eine Vielzahl an Stammkunden und hatte somit kaum Leerfahrten oder Umsatzeinbußen, was manch anderen Fahrern ein Dorn im Auge war. Darum wurde ihm unterstellt, er würde Fahrten zusammenlegen und teilweise vier Fahrgäste mit unterschiedlichen Zielen gleichzeitig befördern, um Zeit zu sparen, dann aber alle vier einzeln abkassieren, was ja schließlich Betrug sei. Es hatte diverse anonyme Anschwärzungen bei der Taxizentrale gegeben. Der Maisacher Fahrer, dessen Spitzname aufgrund seiner großen Vorliebe für Oldschool-Hip-Hop »Grandmaster Flash« war, hatte bereits bestimmte Kollegen im Verdacht und beauftragte die beiden extravaganten Detektive mit entsprechenden Testfahrten, um unauffällig herauszufinden, ob schlecht über ihn gesprochen würde oder nicht. Ein kleiner, aber nicht uninteressanter Fall, der den zusätzlichen Luxus kostenloser Taxifahrten für die beiden mit sich brachte.

Hans Josef überlegte gerade, ob er heute Abend mit dem Taxi zu seinem Date mit einer sehr netten Nürnbergerin, die er am Faschingsdienstag im »Valentinstüberl« in der Dreimühlenstraße kennengelernt hatte, fahren sollte, als Varoufakis aufgeregt zu bellen begann.

»Was ist los, Varoufakis?«, fragte er, besann sich dann aber und wiederholte die Frage noch einmal korrekt: »Was ist los, Varoufaki?« Der Hund schien etwas entdeckt zu haben. Hans Josef eilte zu ihm und stellte fest, dass Varoufakis einen bestimmten Punkt im Gebüsch anbellte. Was war da bloß? Eine Maus? Oder eine Katze? Nein, da lag nur eine leere Bierflasche. Vielleicht hatte Varoufakis Durst?

Aber die Isar war ja nur wenige Meter entfernt. Hunde wittern und finden Wasser sofort. Diese Möglichkeit schied also aus. Man kann ja die Gedanken von Hunden nicht immer erahnen, also entschied Hans Josef, dass es sich bei Varoufakis' Aufregung wohl um ein unergründliches Tier-Phänomen handeln müsste. Aber das Bellen war auf die Dauer etwas nervig, dagegen wollte er etwas unternehmen. Er überlegte, welche griechischen Wörter er kannte. *Sigá*, das hieß: *Immer mit der Ruhe* oder *Mach mal halblang*. Vielleicht funktionierte das ja.

»Sigá!«, rief er, aber Varoufakis bellte unaufhörlich weiter. Was gab es noch für Möglichkeiten? Vielleicht *Sitz*? Was hieß denn noch mal *Sitz*? *Setz dich hin* hieß *katse kato*, was so ähnlich klang wie *Kater Karlo*, darum hatte er es sich merken können. *Sitz* hieß dann vermutlich nur *katse*. Oder nur *kato*. Je nachdem. Er versuchte die erste Variante und sagte laut und deutlich: »Katse!« Und tatsächlich – Varoufakis sah ihn an, setzte sich und hörte auf zu bellen. Na also, geht doch! Hans Josef war zufrieden mit sich selbst. Es ist schon besonders blöd, wenn man zu einem Hund »Katze« sagen muss, dachte er, als sein Smartphone klingelte. Er hatte eine neue Melodie eingestellt, »Gsund gstorbn« des österreichischen Liedermachers Christoph Theussl, von dem er zwei Alben besaß. Er holte sein Handy hervor und spähte auf das Display. Es war Quirin.

»Bei der Arbeit«, meldete sich Hans Josef und versuchte damit originell zu sein.

»Hans Josef, Servus!«, begrüßte Quirin seinen Freund und Kollegen. »Du, ich hätt was Interessantes. Grad hat mich ein befreundeter Schriftsteller angerufen. Da ist eine junge Frau in einer Künstlerwohnung an einer Rauchvergiftung gestorben. Kurz bevor sie im Finale bei einem großen Poetry Slam auftreten sollte. Angeblich ein Unfall, aber die Geschichte hört sich komisch an. Die Polizei hat das wohl als Unfall abgestempelt und wird daher keine weiteren Untersuchungen anstellen. Wir sollten also tätig werden.«

»Was ist denn ein Poesie-Tramp?«

»Poetry Slam, das sind Dichterwettstreite, die so seit zwanzig Jahren auch bei uns stattfinden. Das stammt, glaub ich, aus Amerika.«

»Und war das dann eine Dichterin, die da gestorben ist?«

»Ja, so was Ähnliches. Das sind nicht zwangsläufig Dichter, sondern manchmal einfach kreative Menschen, die Texte schreiben und vor Publikum vortragen.«

»Ah, ich glaub, ich hab schon mal von so einer Veranstaltung gehört. Da entscheidet dann das Publikum durch Klatschen, wer gewonnen hat, oder?«

»Genau. Und die Verblichene ist ins Finale geklatscht worden. Aber anderthalb Stunden vor ihrem Auftritt hat sie auf unerklärliche Weise das Zeitliche gesegnet.«

»Interessant«, murmelte Hans Josef Strauß, legte den Kopf leicht schief und blickte in Münchens nachmittäglichen Himmel. Es waren viele Wolken aufgezogen, und es roch nach Regen. Ach, wie er diese Stadt liebte! Und wie schön, dass immer und immer wieder von selbst Mandanten auf sie zukamen und sie mit höchst spannenden Fällen versorgten.

»Wer ist denn dieser Freund von dir, der dich angerufen hat?«, fragte Hans Josef weiter.

»Ein Autor und Kolumnist, den ich schon lang kenn.

Arbeitet für die *Süddeutsche*. Der war an dem Abend bei der Veranstaltung und glaubt nicht, dass es ein Unfall war.«

»Gut. Und wer zahlt unsere Auslagen und das Honorar?«

»Erst amal keiner. Aber mir ham doch eh Zeit, oder?«

»Freili. Fahren wir mal hin?«

»Machmer«, bestätigte Quirin. »Das Lokal heißt ›Lokschuppen‹ und ist, glaub ich, in der Fendstraße am Englischen Garten.«

»Gut. Die Fendstraße kenn ich. Da ist eine sehr coole kleine Kneipe namens ›Fendstüberl‹ und direkt daneben das Zentrum der Scientologen, die einen immer ansprechen, ob man einen kostenlosen Persönlichkeitstest machen möchte.«

»Genau. Und bei jedem, egal, was man ihnen erzählt, stellens fest, dass man enorme innere Spannungen oder unbewältigte Probleme aus der Kindheit mit sich rumträgt und ganz rasch einen Kurs bei ihnen buchen sollte.«

»›Auditing‹ heißt das, glaub ich.«

»Genau. Irgend so ein Schmarrn. Also, in einer halben Stunde an der Leopold-/Ecke Fendstraße, vor dem ›Gasthaus zur Brezn‹.«

»Passt«, bestätigte Hans Josef. »Vor der ›Brezel‹.«

»Brezn«, verbesserte Quirin.

»Brezeln«, wiederholte Hans Josef seine falsche Aussprache, bevor er das Smartphone in die Brusttasche seines Lodensakkos steckte. Wie schön! Ein weiterer spannender Fall.

»Komm, Varoufakis«, rief er. Varoufakis war wieder mal nicht zu sehen. Hans Josef seufzte ergeben: »Varoufaki!« Und der Dackel kam.

»Was hast du gesagt?«, erklang plötzlich eine entfernte, metallische Stimme.

Hans Josef sah sich um.

»Haaallooo«, sang die Stimme.

Verwirrt versuchte Hans Josef, den Ursprung dieses Geräusches zu orten. Da fiel ihm auf, dass es aus seiner Brusttasche kam. Sein Smartphone war noch immer an und Quirin weiterhin am Apparat. Hans Josef führte das Gerät wieder ans Ohr.

»Äh, entschuldige«, rief er hektisch. »Ich hab vergessen, aufzulegen. Bis gleich.«

»Guad«, entgegnete Quirin belustigt und legte auf.

Hans Josef schlenderte auf dem kleinen Steg in Höhe des Deutschen Museums über die Isar, bog dann in die Kohlstraße ein, legte Varoufakis an die Leine und spazierte mit ihm durch die kleinen Straßen der Isarvorstadt zu dem Haus, in dem sich neben seiner eigenen Wohnung samt Detektivbüro auch Quirins Wohnung befand. Schade, dachte er, zeitlich wird das dann heute wohl nichts mehr mit der Nürnbergerin vom Faschingsdienstag. Er kramte noch einmal sein Handy hervor und sagte die abendliche Verabredung ab.

2. Kapitel

In der Fendstraße fanden sich zwar sowohl das wunderschöne »Fendstüberl« als auch das Zentrum der Scientology-Sekte samt deren Schergen, aber kein Veranstaltungsort namens »Lokschuppen«. Glücklicherweise kam Quirin nach halbstündigem Herumirren und Hans Josefs Beteuerungen, man müsse nur lang genug suchen, dann werde man schon fündig, auf die Idee, das Internet zu befragen. So stellte sich heraus, dass der »Lokschuppen« sich gar nicht am Englischen Garten, sondern im hinteren Teil der Astallerstraße im Westend befand. Auf der Leopoldstraße entschieden sie sich, eines der von Grandmaster Flash verdächtigten Taxiunternehmen anzurufen, doch bevor sie dazu kamen, sprach sie ein Rikscha-Fahrer an.

»Kleine Spritztour gefällig, die Herren?«

»Wie viel kostet es denn ins Westend, Astallerstraße?«, fragte Hans Josef, worauf ihn Quirin am Ärmel zupfte.

»Die bescheißen einen doch«, flüsterte er.

»Dreißig Euro«, schlug der Rikscha-Fahrer vor.

»Dreißig Euro? Mit dem Taxi zahlen wir die Hälfte«, erklärte Hans Josef Strauß.

»Wie viel wär's euch denn wert?«, fragte der Fahrer.

»Zwanzig«, erwiderte Hans Josef.

»Bist du wahnsinnig?«, stöhnte Quirin. »An Zwanzger! Des is vui zfui!«

»In Ordnung«, äußerte der Fahrer. »Steigt ein!«

»A Zwanzger …« Quirin brauchte eine Weile, um sich wieder einzukriegen.

Sie fuhren durch die Leopoldstraße, die Theresienstraße, vorbei an den Pinakotheken, an der Technischen Universität, durch die Augusten-, Mars- und Trappentreustraße und erreichten nach einer Ewigkeit endlich das Haus, in dem sich der »Lokschuppen« befand. Hans Josef zahlte 25 Euro einschließlich Trinkgeld, während Quirin bereits kopfschüttelnd ausgestiegen war.

Das Gebäude war eine für diese Gegend untypische Villa im toskanischen Stil mit Stuckelementen an den Decken, Parkett, einem Treppenhaus mit schmiedeeisernem Geländer, einer weitläufigen Galerie und einem zum Veranstaltungsraum umfunktionierten ehemaligen Salon. Alles relativ abgenutzt, aber immer noch schön anzusehen. Die Künstlergarderobe war offenbar die frühere Speisekammer gewesen, wie man an den alten Regalen, Haken und vor allem am Geruch nach Kräutern und Gewürzen unschwer erkennen konnte.

Im ersten Stock befanden sich ein großes Bad, ein Büroraum sowie besagte Künstlerwohnung, bestehend aus einem geräumigen Aufenthaltsraum mit Tisch, Kochgelegenheit, Kühlschrank, einem Schlafzimmer mit zwei Betten und einer separaten Toilette. Nach dem Brand, der die Poetry-Slammerin angeblich das Leben gekostet hatte – offizielle Todesursache: Kohlenmonoxidvergiftung –, war die Wohnung verrußt und stank nach kaltem Rauch.

Der Veranstalter des Poetry Slams und Pächter des »Lokschuppen«, Peter Aspora, genannt »Lucky«, war sehr aufgewühlt. Dem Dialekt nach zu urteilen, stammt er vermutlich aus dem Thüringer Raum, mutmaßte Quirin, der neben Hans Josef in Luckys Büro saß.

»Ich hab der Polizei doch schon alles gesagt«, murrte Lucky und zuckte leicht neurotisch mit dem linken Augenlid, ähnlich wie Harald Schmidt, wenn er eine bissige Bemerkung macht, fand Hans Josef.

»Trotzdem wäre es toll, wenn Sie uns ein paar Fragen beantworten würden«, erklärte der Westfale geduldig. »Wir ermitteln parallel zu den Beamten, und Sie sind ja ein sehr wichtiger Zeuge. Immerhin haben Sie das Todesopfer gefunden.«

»Todesopfer? Na ja, es war ja laut Ermittlungen ein Unfall«, bemerkte Lucky erschrocken.

»Gut, dann nennen wir sie eben *die Verstorbene*. Besser?«

»Ja.«

»Bitte erzählen Sie uns doch kurz, was passiert ist.«

»Na ja, also die Zebra ist ja schon öfter bei uns aufgetreten, und irgendwann hat sie sich zur Angewohnheit gemacht, dass sie sich vor der Show noch mal ein paar Stunden hinlegt, damit sie später schön ausgeruht ist.«

»Wo war sie denn wohnhaft?«

»In Kolbermoor bei Rosenheim.«

Als Lucky das Wort »Kolbermoor« aussprach, bestätigte sich Quirins Vermutung, dass sein Gegenüber aus Thüringen kam. Lucky sagte nämlich »Kolbomuhr«.

»Aha. Da ist sie also immer nach München reingefahren und hat sich dann vorm Auftritt hingelegt. Gut.«

Quirin notierte sich ein paar Stichworte, nachdem er die wenigen Informationen, die Lucky bislang hatte verlauten lassen, noch einmal zusammengefasst hatte.

»Nun«, erinnerte sich Lucky weiter. »Vor vier Tagen, am Freitag, war ja das Halbfinale, und da hat die Zebra haushoch gewonnen. Neben einer anderen weiblichen Slammerin und einem männlichen Slammer.«

»Könnten Sie uns die Namen verraten?«

»Ja, aber ich kenn nur die Künstlernamen. Freitmann von Lützhoff und Holde Liebknecht. Und im Finale hätten neben Zebra noch Franz Forell, Bodo Mögen, Steff Schlobinski, Frau Wartke und Peit gestanden.«

»Das ist ja ganz schön kompliziert. Gibt's da E-Mail-Adressen oder Telefonnummern?«, fragte Hans Josef Strauß und sah sich das Cover eines auf dem Schreibtisch liegenden Buches mit dem Titel »Wir sind glücklich, unsere Mundwinkel zeigen in die Sternennacht wie bei Angela Merkel, wenn sie einen Handstand macht« an.

»Ja, kann ich Ihnen raussuchen.«

»Und wann sollte das Finale stattfinden?«

»Vorgestern Abend. Aber kurz vor dem Finale ist ja dann das Unglück geschehen, und wir haben die Veranstaltung schweren Herzens absagen müssen.«

»Alles klar. Gut. Sie hat sich also hingelegt.«

»Ja.«

»Und das hat sie schon viele Jahre gemacht, dass sie vor der Veranstaltung geschlafen hat.«

»Richtig.«

»Das wussten also alle Leute, die sie kannten.«

»Davon geh ich aus.«

»Aha. Gibt's eigentlich irgendwelche nahestehenden Personen der Verstorbenen, die man befragen könnte?«

»Na ja, die Slammer halt. Dort kennt man sich untereinander mehr oder weniger gut.«

Auch das Wort »dort« sprach er thüringisch »dutt« aus.

»Und sonst? Hatte sie gute Freunde? Einen festen Partner? Verwandte?«

»Die war eher eine Einzelgängerin, ich glaub, so viele Freunde außerhalb der Szene hatte sie nicht.«

»Guad«, fuhr Quirin fort. »Wie haben Sie denn das mit dem Brand überhaupt mitbekommen?«

Quirin hatte sich angewöhnt, mit Menschen, die nicht aus Bayern stammten, Hochdeutsch zu sprechen – so gut es eben ging.

»Nun ja, wir hatten ja einiges vorzubereiten. Wir machen nebenbei an den Abenden auch die Gastro, dann müssen wir natürlich die leeren Gläser vom Vortag spülen, putzen, aufräumen und so weiter. Ich hatte wieder mal mit ihr ausgemacht, dass ich sie um achtzehn Uhr wecke, das mache ich eigentlich immer, wenn sie sich hingelegt hat.«

»Also auch vor drei Tagen, vorm Halbfinale.«

»Ja, da auch. Wie gesagt.«

»Fangen die Veranstaltungen immer um dieselbe Uhrzeit an?«

»Ja, es geht eigentlich immer pünktlich um zwanzig Uhr los.«

»Mhm.«

Hans Josef sah sich während des Gesprächs im Büro um. Es war relativ chaotisch, überall lagen ungeöffnete Briefe, Haufen von Zetteln, Stifte, Stempel, Zeitschriften, Flyer, Fotos, Scheren, Etuis, Klammerer, Locher, Spitzer und Lineale. Entweder herrschte hier ein ganz spezielles, für Außenstehende nur schwer nachvollziehbares Ordnungssystem – oder gar keines.

»Und irgendwann kommt meine Mitarbeiterin Carola

zu mir und behauptet, es würde komisch riechen. Verbrannt, irgendwie. Dann sind wir im ganzen Haus rum und haben bemerkt, dass es in der Künstlerwohnung brennt, unter der Tür kam dunkler Qualm raus. Die Zebra hatte aber dummerweise abgeschlossen, und ich hatte keinen …«

»Hat sie sonst auch abgeschlossen?«, fragte Hans Josef geistesgegenwärtig.

»Nein, bisher hat sie das noch nie gemacht.«

»Oh.« Hans Josef warf Quirin einen vielsagenden Blick zu.

»Jedenfalls musste ich erst den Zweitschlüssel suchen, den braucht man ja normalerweise nie, weil halt Künstler, die über Nacht bleiben, wenn sie schlafen gehen, von innen absperren, und am nächsten Morgen sperren sie wieder auf. Ich such also den Schlüssel und find ihn zum Glück relativ schnell, während meine Assistentin gegen die Tür der Künstlerwohnung pocht und nach Zebra ruft.«

»Die Assistentin heißt Carolina?«

»Carola.«

»Carola. Aha.«

Quirin notierte wieder brav mit.

»Ist das die Dame, die uns vorhin aufgemacht hat?«

»Ja.«

»Die würden wir dann gern auch noch befragen.«

»Natürlich. Also, glücklicherweise hab ich den Schlüssel schnell gefunden, weil ich die alle irgendwann mit so Etiketten versehen und beschriftet hab. Auf dem steht *Zweitschlüssel Künstlerwohnung*. Ich will aufsperren, aber die Zebra hat den Schlüssel von innen stecken lassen. Verdammt, hab ich gedacht, was tun? Das ist so ein Zylinder-Kastenschloss mit alten Schlüsseln, also so eins, wo man durchschauen kann. Wir wollten das irgendwann mal auswechseln, weil man ja mit einem Dietrich oder etwas Ähnlichem da einfach reinkommt. Inzwischen war auch Atlas Prohaska, der Moderator des Poetry Slam, nach oben gekommen, und wir haben überlegt, die Tür aufzubrechen. Da hab ich aber gedacht, das bekommen wir auch anders hin, und hab mit einem Stück Draht den Schlüssel nach innen geschubst. So konnte ich mit dem Zweitschlüssel aufsperren. Drinnen war es einfach nur entsetzlich. Das war kein loderndes Feuer, sondern eher ein Schwelbrand, wie die Feuerwehr später festgestellt hat.«

»Ach so, was ist da der Unterschied zu einem normalen Brand?«, fragte Hans Josef.

»Da gibt es keine richtigen Flammen, sondern das Material glimmt.«

»Sie meinten gerade, die Feuerwehr habe das festgestellt. Wer hat die denn gerufen?«

»Ich. Um sicherzugehen, dass die Glut überall gelöscht ist und nicht noch mal ausbricht. Und weil wir den Schaden der Versicherung gemeldet haben. Die zahlt aber nichts, weil wir keine Gebäudebrandversicherung haben.«

»Muss man nicht heutzutage eine solche Versicherung haben? Ich dachte, das ist Gesetz.«

»Nein, das ist nicht vorgeschrieben. Jedenfalls ist es sehr ärgerlich, weil wir die Renovierung nun aus eigener Tasche bezahlen müssen.«

»In der Tat unerfreulich«, nuschelte Hans Josef und nickte.

»Na ja, wie dem auch sei: Man kam kaum rein wegen des ganzen Rauchs. Wir haben erst mal Wasser in allen denkbaren Gefäßen dahergebracht und verspritzt, außerdem die

Fenster aufgerissen, aber für Zebra kam leider jede Hilfe zu spät.«

»Waren die Fenster alle geschlossen?«

»Ja.«

»Und sie lag im Bett?«

»Genau.«

»War sie zu diesem Zeitpunkt schon tot?«

»Der Arzt sagt, vermutlich ja. Sie hatte vorher ein Schlafmittel eingenommen, das heißt, ihr Schlaf muss wohl sehr tief gewesen sein.«

»Ein Schlafmittel? Das ist aber ungewöhnlich, wenn man sich nur kurz zur Siesta niederlegt«, bemerkte Hans Josef Strauß grübelnd. »Hat sie das denn öfter gemacht?«

»Ich glaube schon. Sie litt generell an Schlafstörungen, also besonders nachts. Sie konnte nicht so gut abschalten, das hat sie immer wieder erwähnt.«

»Und der Brand? Wie kam der zustande?«

»Die Polizei hat ermittelt, dass sie kurz vor dem Schlafengehen einen Wasserkocher angestellt hat. Sie wollte sich wahrscheinlich noch einen Tee machen, jedenfalls hat sie Teebeutel und Tasse bereitgestellt. Und anscheinend ist sie vorher eingeschlafen. Das Blöde ist, dass der Kocher schon öfter kleine Brände ausgelöst hat und wir ihn eigentlich schon entsorgt hatten.«

»Entsorgt?«

Hans Josef Strauß und Quirin merkten auf.

»Ja, der Kocher stand auf dem Boden neben der Spüle, wir wollten demnächst einen anderen kaufen. Sie hat das ja nicht gewusst und ihn einfach wieder auf den Tisch gestellt und angeschaltet. Eine wirklich fürchterliche Geschichte.«

»Sie hat also wegen des Medikaments so tief geschlafen, dass sie den Brand nicht bemerkte. Das ist in der Tat schrecklich«, fand Quirin und versetzte sich in die Lage der jungen Frau.

»Das hört sich alles recht plausibel an«, folgerte Hans Josef Strauß.

»Wie heißt der Moderator noch mal?«

»Atlas Prohaska.«

»Von dem gibt's aber eine Telefonnummer, oder?«

»Natürlich.«

»Dürfen wir die Räumlichkeiten denn mal in Ruhe anschauen?«

»Selbstverständlich. Sehen Sie sich nur alles an.«

Die Künstlerwohnung bot wirklich keinen schönen Anblick. Der Schwelbrand hatte ganze Arbeit geleistet, viele Gegenstände waren so verrußt, dass man sie gar nicht mehr identifizieren konnte. Man konnte aber erkennen, dass eines der beiden Betten im Schlafzimmer frisch bezogen und unbenutzt, das andere hingegen zerwühlt war. Zwischen den Betten befanden sich ein Nachtkästchen und ein kleiner Papierkorb mit Zetteln, Flyern und leeren Bechern. An der Wand hing ein verrußtes Bild von Johnny Cash, von der Decke baumelte eine altmodische Hängelampe.

»Ist hier irgendwas seit dem Brand verändert worden?«, fragte Hans Josef.

»Nein, die Polizei hat uns gebeten, alles so zu lassen, bis der abschließende Bericht vorliegt. Es spricht alles für einen Unfall und gegen ein Fremdverschulden, weil sie ja von innen abgeschlossen hatte. Und Suizid begeht man ja in der Regel nicht mit einem defekten Wasserkocher in Kombination mit Schlaftabletten«, kombinierte Lucky mit bitter-ironischem Gesichtsausdruck.

Hans Josef machte Fotos von allen Räumen, jedem Winkel, jedem Gegenstand. Auf der Anrichte in der Küche lag ein verrußter Schlüssel, daneben ein gleicher mit Etikett und nur leicht verrußt. Das mussten der Schlüssel zur Künstlerwohnung und der mit Beschriftung versehene Zweitschlüssel sein, die Lucky vorhin erwähnt hatte. Auf dem Tisch stand der wohl ehemals weiße Wasserkocher, vom Rauch nun pechschwarz eingefärbt.

»Hat die Polizei keine Spurensicherung unternommen?«, fragte Hans Josef Strauß.

»Wozu denn?«, wunderte sich Lucky. »Bei einem Unfall muss man doch keine Spuren sichern.«

»Stimmt, bei einem Unfall nicht«, sinnierte Hans Josef. »Ist das die Handtasche der Verstorbenen?«

»Ja.«

»Ich fotografiere auch mal ihre Texte ab. Nur interessehalber.«

»Tun Sie sich keinen Zwang an. Soll ich inzwischen schon mal meine Assistentin holen?«

»Das wäre sehr nett.«

Hans Josef nahm eine dunkelrote Aktenmappe mit ordentlich eingehefteten DIN-A4-Blättern aus der an mehreren Stellen geschwärzten Tasche und fotografierte akribisch alle beschrifteten Blätter. Mehr gab es in seinen Augen erst mal nicht zu tun.

Lucky kam mit seiner Assistentin zurück.

»Das ist Carola.«

»Sehr gut«, freute sich Hans Josef. »Vielen Dank, dass Sie sich die Zeit nehmen. Dürfen wir ein paar Fragen stellen?«

»Klar.«

»Wie sind Sie denn auf den Brand aufmerksam geworden?«

»Ich war kurz auf der Toilette, da bemerkte ich Brandgeruch. Ich bin zu meinem Chef und hab es ihm gesagt. Im Treppenhaus wurde uns klar, dass der Geruch von oben kommen musste, also sind wir raufgerannt, wo uns schnell klar geworden ist, dass es in der Künstlerwohnung brennen muss. Lucky, also mein Chef, gab gleich besorgt zu bedenken, dass da ja die Zebra liegt und schläft. Leider war von innen abgesperrt, aber Lucky konnte den Schlüssel nach innen stoßen und mit einem Zweitschlüssel aufsperren.«

»Kannten Sie Zebra persönlich?«

»Ich hab sie ein oder zwei Mal bei Slams gesehen, kannte sie aber nicht wirklich.«

»Zebra ist vermutlich ein Künstlername.«

»Ja, ich glaub schon.«

»Wissen Sie ihren echten Namen?«

»Nein, aber ich hab mal gehört, dass sie früher ihre Haare schwarz-weiß gefärbt hatte und seither diesen Spitznamen trug.«

»Alles klar. Danke schön.«

Carola stieg wieder ins Erdgeschoss hinunter, während Lucky Quirin einen Schmierzettel mit den E-Mail-Adressen der drei Slammer überreichte.

»Sehr gut, vielen Dank.«

»Das ist doch selbstverständlich. Warum machen Sie sich eigentlich die viele Arbeit? Glauben Sie etwa, es war gar kein Unfall?«

»Das kann ich noch nicht sagen. Wir fragen uns jetzt mal

durch und kommen dann hoffentlich rasch zu einem Ergebnis«, antwortete Hans Josef ausweichend.

»Dann wünsch ich gutes Gelingen«, sagte Lucky.

»Danke! Gut, wir haben, glaub ich, alles gesehen«, erklärte Hans Josef, und Quirin nickte ihm bestätigend zu. »Vielen Dank für den ausführlichen Bericht und auch noch mal an Ihre nette Mitarbeiterin. Ich lass Ihnen mal meine Karte da. Auf Wiederschaung.«

Hans Josef war stolz auf die schöne Visitenkarte, auf der neben seinen Kontaktdaten eine Lupengrafik prangte, in seinen Augen ein großartiges Symbol für einen Privatermittler.

»Wiedersehen«, rief Lucky, und die beiden Detektive liefen die Treppenstufen hinab zum Ausgang.

3. Kapitel

»Wenn die weiß, dass sie einer weckt, wieso sperrt sie dann ab und lässt den Schlüssel stecken?«, fragte Hans Josef Strauß seinen Partner auf dem Nachhauseweg vom Westend in die Innenstadt. »Irgendwas stimmt da nicht.«

»Mei, vielleicht Suizid?«, überlegte Quirin Hausner.

»Ein paar Stunden vor einem Finale? Glaub ich nicht. Und vor allem: Wer bringt sich denn um, indem er Schlaftabletten nimmt und dann darauf vertraut, dass ein defekter Wasserkocher einen Brand auslöst? Das hat dieser Lucky schon richtig zusammengefasst.«

»Wieso waren denn eigentlich beide Schlüssel voller Ruß? Der mit dem beschrifteten Etikett, also der Zweitschlüssel, hätte doch eigentlich ohne Ruß sein müssen, weil damit ja erst später aufgeschlossen wurde?«

Quirins Gesicht hellte sich auf, was stets geschah, wenn er glaubte, eine Erleuchtung gehabt zu haben.

»Na ja«, murmelte Hans Josef nachdenklich. »Kann schon sein, dass der Schlüssel beim Aufsperren auch etwas Ruß abbekommen hat. Wir können aber, wenn wir wollen, die Schlüssel später in Ruhe untersuchen.«

»Und wie?«

»Ich hab vorsichtshalber beide mitgenommen«, verkündete Hans Josef mit einem verschmitzten Lächeln. »Ich weiß noch nicht, wozu, aber sicher ist sicher.«

Hans Josef Strauß spitzte die Lippen, als habe er einen besonders delikaten Witz erzählt. Quirin strahlte ihn voller Bewunderung an. Er vergaß immer wieder, dass sein westfälischer Freund ein genialer Ermittler war.

»Du bist ein Bazi! Saugut! Hahaha!«, lachte er.

»Ja mei, wer koh der koh«, bemühte sich Hans Josef wieder mal, besonders bayerisch zu klingen. »Ich habs professionell mit einem Feitel in a Plastiksäckerl eini gegeben.«

»Feitel?«

»Freili! Das ist das boarische Wort für a Tempotaschentuch, du Hirsch, du verreckerter.«

»Du machst mich fertig mit deim erfundenen Bayerisch«, echauffierte sich Quirin, dessen freudiges Lachen einem leicht verdrießlichen Blick gewichen war.

Sie spazierten gerade die Landsberger Straße entlang, als Quirin die Nase nach oben reckte und tief einatmete.

»Ich liebe den Geruch von Brausud«, verkündete er.

»Brausud?«

»Ja, also, wenn des Bier grad im Entstehungsprozess ist.«

»Oh, ich weiß offen gestanden gar nicht, wie Bier eigentlich hergestellt wird.«

»Soll ichs dir erzählen? Ich kenn mich da ein bisserl aus.«

»Logisch!«

»Guad!« Quirin war hocherfreut, mit seinem Fachwissen hausieren gehen zu können. »Also, zuerst wird die Gerste ein paar Tage gewässert, damit sich die Körner schön mit Wasser vollsaugen. Das nennt man *weichen*. Dann kommen sie eine knappe Woche in Kästen zum *Keimen*. Im Anschluss werden die Körner getrocknet, das heißt *darren*. Jetzt kommt das sogenannte *Braumalz* in die Mälzerei, wo es gemahlen wird. In einem großen Bottich wird es mit Wasser vermischt und zu *Maische* aufbereitet, die man wiederum erhitzt, um die Getreidestärke in Malzzucker umzuwandeln. Das Ganze kommt dann in einen sogenannten *Läuterbottich*, um die Maische aufzuteilen in Getreidekornhüllen – genannt *Treber* – und die löslichen Stoffe des Malzkorns – genannt *Würze* –, die nun endlich gemeinsam mit Hopfen in der *Würzepfanne* ein Stündchen gekocht, anschließend gefiltert und wieder runtergekühlt wird. Nun wird das Zeug in einen Gärtank gefüllt, und man fügt Hefe hinzu. Dann beginnt die *Gärung*, sprich, der aufbereitete Malzzucker wird in Alkohol und Kohlensäure umgewandelt. Das war's im Großen und Ganzen, das Bier ist im Prinzip fertig und muss nur noch eine Zeit lang gelagert werden, bis es trinkfertig ist und in Flaschen beziehungsweise Fässer oder Dosen abgefüllt wird.«

»Puh, das ist ja ganz schön kompliziert. Und das haben sich damals die Mönche alles so ausgedacht?«

»Na ja, die haben halt experimentiert und werden das peu à peu herausgefunden haben.«

»Aber wer weicht denn Körner ein, kocht sie dann, trocknet sie wieder, um sie mit irgendwelchen Zutaten vergären zu lassen? Das hört sich doch erst mal völlig sinnlos an.«

»Die haben halt relativ viel Zeit gehabt damals. Aber ich hab jetzt Durscht bekommen. Wollen wir ein Bier trinken?«

»Gern!«, jubelte Hans Josef Strauß, und sie begaben sich in die Augustiner Brauereigaststätte, selbstverständlich in die sogenannte Schwemme, den Bereich, in dem seit jeher das einfache Volk und die Brauereimitarbeiter sitzen, und nicht in den Restaurantteil, der den Bürgern und Großkopferten zugedacht war.

4. Kapitel

Das Bier schmeckte wie immer vorzüglich.

»Wie läuft eigentlich so ein Poetenslam ab?«, fragte Hans Josef Strauß.

»Poetry Slam«, verbesserte Quirin. »Das ist ein wohl aus Amerika stammender Wettbewerb, in dem Dichter, Poeten, Schriftsteller und Rapper gegeneinander antreten, und zwar egal, ob sie Laien oder Profis sind. In der Regel gibt es mehrere Runden, und das Publikum entscheidet durch Applaus, wer weiterkommt.«

»Aha. Und wie lang sind die einzelnen Beiträge?«

»Das weiß ich nicht genau, ich glaub, jeweils fünf Minuten oder so.«

»Und wie kann der Moderator anhand des Applauses feststellen, wen das Publikum qualifiziert hat?«

Hans Josef nahm einen ordentlichen Schluck Bier und freute sich dabei über den festen, saftigen Schaum.

»Ich war in meinem Leben vielleicht bei fünf oder sechs Poetry Slams dabei«, antwortete Quirin und blickte versonnen in sein Bierglas. »Meistens ist es so, dass der Moderator zu Beginn der Veranstaltung zehn Grade des Applauses mit dem Publikum einstudiert, von Stufe eins für einen Text, der total daneben ist, für den man aber trotzdem einen respektvollen Gnadenbeifall spendiert, über Stufe fünf für einen Beitrag, der in Form und Vortrag in Ordnung ist und handfestes Klatschen verdient hat, bis hin zu den Stufen acht und neun. Und dann natürlich Stufe zehn, der Killer-Applaus für Texte, die absolut überzeugen und die Zuhörer regelrecht in Ekstase versetzen. In diesem Fall ist Trampeln, Jauchzen, Pfeifen und Jubeln angesagt. Der Moderator hält die Zuschauer an, komplett aus dem Häuschen zu geraten, ganz wurscht, wie.«

»Und da gehen Leute hin und schauen zu?«

»Ja, oft sind es Freunde der Vortragenden, aber auch ganz gewöhnliches Kleinkunstpublikum, Studenten, Kulturinteressierte.«

»Verdient man da was?«

»Früher war das, glaub ich, so ein Ehrendings, dass die Poeten kein Geld annehmen wollten, weil die Slams als Untergrundbewegung begriffen wurden und man mit ein paar Flaschen Bier zufrieden war.«

»Aber Eintritt kostet das schon?«, fragte Hans Josef schwer interessiert.

»Ja, allerdings nicht viel. Wobei der Veranstalter sicher einen Haufen Arbeit mit Werbung, Organisation und so weiter hat.«

»Aber kein Risiko, wenn er nichts zahlt.«

»Das stimmt, aber ich glaub, mittlerweile bekommen die Slammer schon ein bisschen Gage.«

»Wird eigentlich durch die Wettbewerbssituation nicht die Atmosphäre beeinträchtigt? Ich kann mir irgendwie nicht vorstellen, dass das Ganze so entspannt abläuft.«

»Eigentlich nicht. Man weiß von vornherein, dass es sich um ein Turnier handelt, die ganze Show funktioniert ja nur wegen der Auseinandersetzung und dem Mitfiebern und Mitbestimmen des Publikums.«

»So wie Brot und Spiele im Circus Maximus?«, erkundigte sich Hans Josef weiter.

»Nur ohne Blutvergießen«, bemerkte Quirin.

»Ohne Blutvergießen, aber mit Tod durch Kohlenmonoxidvergiftung«, gab der Westfale zu bedenken, der gerne das letzte Wort hatte.

»Gscheidhaferl«, spottete Quirin, der mindestens genauso gern das letzte Wort behielt.

»Was hoast des?«

»Des is des boarische Wort für Schlaumeier.«

»Ah, so was wie Naseweis?«

»Genau. Rechthaber. Maulheld. Neunmalkluger. Doktor Allwissend.«

»Prost!«

»Prost!«

In diesem Moment klingelte das Handy einer jungen Dame, die mit ihren Freunden ein paar Tische hinter ihnen saß. Die Klingeltonmelodie kam Hans Josef bekannt vor: Es war das Lied »Rock mi« der Band Voxxclub.

»Oh, das ist ein Ohrwurm, das hab ich schon ein paar Mal aufm Wiesn gehört«, rief er, begeistert über sein gutes Gedächtnis.

»Es heißt ned ›aufm Wiesn‹, sondern ›auf der Wiesn‹. Es ist ›die Wiese‹, nicht ›der Wiese‹!«, regte sich Quirin auf. »Außerdem san de Sänger von dem Lied alles koane Bayern, die sprechen jedes Wort falsch aus.«

»Was?«, fragte Hans Josef verdutzt. »Ich hab aber das Video angeschaut. Da sehen die aber ziemlich bayerisch aus!«

»Die werden halt eine Tracht tragen. Aber Bayern san des ned.«

»Ich trag auch oft eine Tracht.«

»Ja, aber du bist hundertmal bayerischer als die.«

Hans Josef fühlte, wie sich aufgrund dieses Kompliments eine wohlige Wärme in seiner Brust ausbreitete.

»So, wir sollten jetzt vielleicht mal die Slammer, die bei der Veranstaltung von Zebras Tod dabei waren, kontaktieren«, murmelte er nach einem weiteren zünftigen Schluck. »Wie heißen die noch mal? Hast du die Liste?«

Quirin überreichte Hans Josef die Blätter:

Ausgeschieden im Halbfinale

1. Freitmann von Lützhoff
2. Holde Liebknecht

Finalisten

1. Zebra
2. Franz Forell
3. Bodo Mögen
4. Steff Schlobinski
5. Frau Wartke
6. Peit

Auf Luckys Liste war zu lesen:

Freitmann von Lützhoff: freitmannsko@gmx.de
Steff Schlobinski: poetinwiderwillen@t-online.de
Frau Wartke: frauwartke@chello.at
Holde Liebknecht: holdebraut@web.de
Franz Forell: franzikowski@gmx.de
Peit: peit1234@yahoo.com
Bodo Mögen: herrbodomoegen@gmail.com
Atlas Prohaska: 08142/9855

Hans Josef starrte ungläubig auf die Namen und E-Mail-Adressen.

»Einen Knall haben die irgendwie schon, diese Schlammpoeten«, bemerkte er. »Jeder möchte origineller heißen als der andere.«

»Ja, das ist auch so ein Untergrund-Schmarrn.«

»Jetzt stellt sich die Frage, wer ein Motiv gehabt hätte. Die von innen abgeschlossene Tür ist schon eine harte Nuss, zumal ja laut Veranstalter alle Fenster geschlossen waren und der mutmaßliche Täter irgendwie aus der Künstlerwohnung rauskommen musste. Aber das ist jetzt noch nicht wichtig, wir müssen zunächst so viele Informationen wie möglich sammeln. Wenn es einen Mord gegeben hat, finden wir auch heraus, wie es der Täter angestellt hat.«

»Gut. Also, wir waren bei der Frage nach dem Motiv stehen geblieben«, erinnerte Quirin seinen Freund und Kollegen, der gerne mal abschweifte.

»Genau. Also, wegen der nicht vorhandenen Gebäudebrandversicherung ist der Veranstalter natürlich relativ motivlos, außer er hat nicht gewusst, dass seine Versicherung bei einem Schwelbrand nicht greift. Aber man bringt ja ohnehin nicht einfach einen Menschen um, damit eine Brandschutzversicherung bezahlt. Einen Brand kann man auch ohne Todesopfer wunderbar inszenieren.«

»Und die Bühnenkollegen? Kommen da welche infrage?«

»Im Prinzip hatte ja jeder der Poeten ein Motiv. Die beiden Ausgeschiedenen aus Rache, die fünf Finalisten aus Furcht vor dem Verlieren. Allerdings stehen diese Motive auf wackligen Füßen, weil man ja auch deshalb nicht einfach so jemanden umbringt. Nur: Möglich wär's!«

»Klar, es wurden schon Leute wegen belangloseren Sachen ermordet.«

»Ich will wirklich rausfinden, was passiert ist. Weil ich nicht an einen Unfall glaube. Allerdings haben wir ja keinen direkten Auftraggeber für unsere Ermittlungen und daher auch keine gesicherte Einnahmequelle.«

»Stimmt, das ist blöd.«

»Dein Schriftstellerfreund möchte uns nichts bezahlen, oder?«

»Nein, der hat nur vorgeschlagen, dass wir da mal etwas nachbohren. Der hat selber kaum Geld.«

»Hm, das ist alles nicht gerade optimal. Aber der Fall interessiert mich, und ich hab kürzlich von meiner Exfreundin die Hälfte von der seinerzeit gemeinsam bezahlten Kaution zurückbekommen«, realisierte Hans Josef mit listigem Blick. »Ich könnte erst mal ein paar Tage für uns überbrücken. Weil, Spaß machen würd mir das schon, etwas in der Literaturszene herumzuschnüffeln.«

»Ja, mir auch. Guad, wenn du das im Kreuz hast: Ich bin dabei.«

»Handschlag?«

»Handschlag!«

Zwei Stunden später saßen die beiden in ihrem Detektivbüro, Quirin am Computer, Hans Josef auf dem dunkelroten Chesterfield-Sofa.

»Die haben fast alle eigene Internetseiten«, tat Quirin kund. »Ich sehe gerade, heute Abend ist eine Veranstaltung in der ›Kunststoff Bar‹, da treten einige von denen auf. Ich würde sagen, wir sparen uns das umständliche Herumgemaile und reden lieber gleich mit ihnen.«

»Was ist das für eine Veranstaltung?«
»Ein Lyrik-Slam. Also scheinbar nur mit Gedichten.«
»Aha. Und wo ist diese ›Kunststoff Bar‹?«
»Am Harras.«
»Na gut. Wann geht's los?«
»Um acht. In drei Stunden.«

5. Kapitel

Hans Josef und Quirin fuhren mit dem Taxi zur »Kunststoff Bar«, schließlich mussten sie ja auch in dem Fall mit Grandmaster Flash und der üblen Nachrede weiterkommen. Der gut gelaunte Fahrer war vermutlich Araber oder Perser, jedenfalls roch es im Auto intensiv nach Patschuli und Zimt. Routiniert lenkte Hans Josef das Gespräch auf den Maisacher.

»Hier drin duftet es ganz schön.«

»Danka, hahaha, ist vielleisch mein Parfum?«, freute sich der Fahrer und lächelte geschmeichelt in seinen dunklen Schnauzer hinein.

»Ja, könnte sein. Echt gut. Und Sie sind sehr sympathisch.«

»Das freut misch.«

»Neulich sind wir mit dem Taxi von Gröbenzell nach Maisach gefahren. Der Fahrer war total irrsinnig.«

»Wieso? Ist er Linie wie Schlange gefahren?« Er lachte über seinen Witz.

»Das nicht, aber er war sehr exzentrisch und hat laut Musik gehört.«

»Welche Musik?«

»Beastie Boys.«

»Ah, hahaha, isch kenne die Fahrer. Ist Grandmaster Flash! Ist sehr verrückte Mann! Aber lustig.«

Es war das erste Mal, dass ein Fahrer ihn kannte.

»Sind Sie befreundet?«

»Nein, kenne nisch persönlisch. Aber gibt viele Geschichten über ihm. Son Beispiel, hat schon geraucht Joint mit Fahrgäste.«

»Ach so, wirklich?«, fragte Quirin mit gespieltem Erstaunen. »Das ist ja unglaublich.«

»Ja, und er hat einmal zwei Jugendliche, die kein Geld hatten, for Pfand die Handy genommen.«

»Und haben sie das Pfand wieder ausgelöst?«

»Weiß nisch. Aber Pfand genommen, ist verrückt, aber auch sehr freundlisch von die Fahrer.«

»Und wieso heißt der Grandmaster Flash?«

»Isch glaub, er ist Amerikaner oder so.«

Wilde Gerüchte, die Grandmaster Flash bestimmt interessieren würden.

Die »Kunststoff Bar« befand sich in einer Lagerhalle hinter den Geschäftsräumen eines Billigmatratzenhändlers. Ein riesengroßer viereckiger Raum, dominiert von einem Tresen und einer Bühne. Auf die hell getünchten Wände wurden mit Beamern psychedelische Farbdias projiziert, aus den Lautsprecherboxen dröhnte cooler Hip-Hop-Sound. Der Laden war gerammelt voll, zwischen Tresen und Bühne tummelten sich bestimmt weit über 200 Menschen. Die Männer trugen fast alle Vollbärte und die Frauen Jeans mit modischen Rissen im Kniebereich. Es gab Getränke in Flaschen und belegte Semmeln. Der Eintritt betrug sieben Euro, wobei Auftrittswillige sich in eine Liste eintragen lassen und sich so das Eintrittsgeld sparen konnten. Der Altersdurchschnitt der Besucher lag zwischen 20 und 30, schätzte Hans Josef Strauß. Allerdings waren auch Leute im Alter der beiden Ermittler da, sodass ihre Anwesenheit nicht unangenehm auffiel.

Sie fühlten sich beide leicht unterhopft, da sie ja schon am Nachmittag Bier getrunken hatten und seit Quirins Vortrag über das Brauen ohnehin eine latente Trinklust verspürten. Die Bar hatte gutes tschechisches Bier im Angebot, Staropramen und Pilsner Urquell, für das sich die beiden Detektive schließlich entschieden. Über der Bühne kündigte ein Plakat die Namen der auftretenden Künstler an, offenbar bereits in der Reihenfolge ihrer Auftritte:

1. Bodo Mögen
2. Holde Liebknecht
3. Hinnerck Maria Turner
4. Thomas Spitzer

PAUSE

1. Franz Forell
2. Ronaldino Taubknecht
3. Peit
4. Jaroslav Podprsenka

Eine gute Trefferquote, immerhin vier der gewünschten Slammer würden auftreten.

Vereinzelt wehten Gesprächsfetzen zu Hans Josef und Quirin herüber.

»Isch steh auf der Liste«, erklärte ein marokkanisch aussehender Mittzwanziger.

»Ach so?«, wunderte sich ein etwa gleichaltriger, hagerer, hoch aufgeschossener Kerl mit sächsischem Akzent und blondem Flaum über der Lippe, der wohl eines Tages einen Schnauzer darstellen sollte. »Isch wusste goni, dass du ooch Bühn-Performance machst.«

»Es ist ein Experiment, das isch zusammen mit meine Therapeut entwickelt habe.«

»Wie? Machst du ne Therapie? Wegen Drogen, oder was?«

»Ja, also, schon auch wegen Verstoß gegen Betäubungsmittelverordnung, aber isch mach jetzt schon seit drei Jahren die, äh, heißt glaub isch *klassische Kondition* …«

»Klassische Konditionierung, heeßt das, gloobsch.«

»Ja, so was in die Art. Es ist halt wegen mein Trauma als Kind und Schlägerei und Ärger machen und so.«

»Ach so? Hast du so ne bewegte Vergangheit?«

»Schon. Und aus diese Grund halt jetzt sozusagen Verhaltenstherapie.«

»Wusstsch goni.«

»Na ja, und isch hab halt zu dem Mongo gesagt…«

»Wassn fürn Mongo?«

»Der Therapeut. Weißt schon. Der Therapeut halt. Und zu dem hab ich halt gesagt: ›Herr Schreiber, isch find die Verhaltenstherapie eigentlich schon ganz geil und so was, aber mir wär halt lieber, wenn Sie nicht immer am Schluss ends viel Kommentare ablabern.‹«

»Wassn für Kommentare?«

»Ja, es is halt so, dass isch am Anfang immer voll geil erzählen kann, mega die Storys halt, alles, was mir einfällt, und des is halt schon extrem cool, weil er halt auch voll der Zuhörer is und er disch nie unterbricht oder so was. Aber am Schluss hat er halt auch Bock zum Labern, und dann macht er immer so Lösungsvorschlag und so was, weißt schon.«

»Lösungsvorschlag?«

»Ja, also, wenn isch sag, ich würd halt zum Beispiel die eine oder andere Alte gern kennenlernen wegen einem Dreier oder so, dann sagt er halt am Schluss, von wegen ob ich nicht Familiengründung oder so ne Scheiße machen will. Und da langweilt er mich halt ohne Ende.«

»Nu, das gehört doch aber bei no Therapie dazu?«

»Ja, isch weiß, Mann. Und deshalb haben wir halt jetzt den neuen Plan gefasst, mit Bühnenpoet und so. Weil, des is halt so, der Herr Schreiber hat gesagt, da kannst halt auch voll alles ablabern und so, aber die Leute klatschen vielleicht oder so, aber sie machen kein Lösungsvorschlag, sondern sie akzeptieren des halt, wie du bist und was du so laberst halt.«

»Nice.«

Seltsamerweise sprach niemand über die erst vor zwei Tagen verstorbene Kollegin. Quirin und Hans Josef schlenderten mit ihrem Bier zu einem großen Büchertisch hinüber. Dort lagen einige Werke zum Verkauf aus, unter anderem das Buch »Wir sind glücklich, unsere Mundwinkel zeigen in die Sternennacht wie bei Angela Merkel, wenn sie einen Handstand macht«, das sie heute Vormittag auch schon auf Luckys Schreibtisch gesehen hatten. Der Autor, Thomas Spitzer, stand ebenfalls auf der Liste der Auftretenden. Von ihm gab es noch ein weiteres Buch mit dem Titel »Goethe, Schiller, Chinakohl«. Hans Josef nahm es in die Hand. Es war ein satirisches Werk über eine vom Goethe-Institut finanzierte Reise des jungen Schriftstellers nach China. Es kostete nicht mal zehn Euro, und das war es Hans Josef wert. Er kaufte es.

Auf der Bühne tat sich jetzt etwas. Ein Bursche mit Irokesenschnitt trat hinter das Mikrofon. Er warf einen strengen Blick ins Publikum und wartete, bis die Gespräche verstummten. Er hatte eine sehr charismatische Ausstrahlung, ein bisschen wie Herbert von Karajan, dachte Hans Josef Strauß. Er hatte vor vielen Jahren einmal gesehen, wie Karajan sich auf seine Konzerte vorbereitete. In einer Art Ritual zelebrierte der große Dirigent jede Bewegung, senkte den Kopf, zog die Augenbrauen nach oben, ließ die Arme nach oben gleiten wie ein Monarch, der sich von seinem Volk feiern lässt, sog theatralisch Luft ein, schloss und öffnete die Augen in Zeitlupe und ließ sich dabei enorm viel Zeit. Der Mann mit der Irokesenfrisur vollzog ähnliche Gesten, nur dass sie bei ihm nicht ganz so beeindruckend wirkten wie bei Herbert von Karajan.

»Findst?«, fragte Quirin zweifelnd.

Nicht zum ersten Mal hatte Hans Josef laut gedacht. Das passierte ihm seit einiger Zeit häufig, allerdings stets unabsichtlich. Einmal hatte er einer hübschen Frau sein positives Empfinden bezüglich ihrer Figur hinterhergerufen. Seine Offenheit stieß nicht unbedingt auf Gegenliebe.

»Willkommen zum neunten Lyrik-Slam in der ›Kunststoff Bar‹!«, brüllte der Irokesenmann plötzlich ins Mikrofon. »Die Regeln sind hoffentlich allen bekannt, das Publikum entscheidet durch Applaus, und der Gewinner erhält eine Flasche besten Aldi-Champagner!«

Danach probte er mit dem Auditorium die bereits von Quirin erläuterten zehn unterschiedlichen Applaus-Lautstärken.

Nach einer gefühlten Ewigkeit trat dann endlich der erste Performer auf. Bodo Mögen. Ein kleiner, hagerer Kerl mit Ziegenbärtchen und schwarzer Baseballkappe, auf deren Schild ein runder silberner Aufkleber prangte.

»Die hat er sich bestimmt neu gekauft«, vermutete Hans Josef.

»Naa, des hat ma heut aso. Des is irgend so a Mode aus de Staaten«, erklärte Quirin. Während der Irokesenmann eine überdimensionale Stoppuhr anschaltete, legte Bodo Mögen los:

»Wir rebellieren, indem wir uns auf den kalten Asphalt setzen
Unsre Konversation besteht aus lauter Halbsätzen
Wir provozieren eusch, indem wir weite Klamotten tragen
Und auf eure Fragen nur: ›schon‹ oder ›passt schon‹ sagen.

In Bussen und Bahnen, da lassen wir Musik aus den Handys laufen
Solln sisch die Spacken, die das stört, halt nen Schallschutz kaufen
Wir sind zwar nisch allzu erfahren, aber tun so, als wärn wir verhurt
Und nennen uns Mongo und Opfer und Spacko und Missgeburt.«

Während seines Vortrags begann er erst langsam, dann schneller und schließlich sehr heftig mit dem Kopf von vorne nach hinten zu nicken, wie ein Heavy-Metal-Fan beim Headbanging. Quirin überlegte, ob das dem Nacken nicht langfristig schaden könne beziehungsweise ob Bodo Mögen durch derartiges Verrenken möglicherweise ein Schleudertrauma davontragen würde.

»Wir sind uns alle sehr ähnlich und wollen dennoch gern anders sein
Und wenn uns das nicht gelingt, dann saufen wir uns ins Koma rein
Wie man easy und cool und auf keinen Fall schwul wird, das wissen wir
Wer nisch cool und schwul is und auch sonst halt ein fool is, den dissen wir.

Was gut und was schlecht ist, und was falsch und was recht is, is scheißegal
Was Lüge und wahr ist, ist uns völlig klar, wir sind nun mal in der Überzahl
Wir bauen uns Dübel, die sind gar nicht übel, und das wissen wir lange schon
Wer uns nicht versteht und uns aus dem Weg geht, ist leider ein Hurensohn.«

Tosender Applaus. »Das ist dein Applaus, Bodo«, schrie der Irokesenmann ins Mikro, der wieder auf die Bühne gesprungen war. »Aber wie wir wissen, wird erst am Ende der Runde abgestimmt. Das war jetzt erst mal der normale Beifall für deine Performance, später klatscht ihr da unten im Publikum bitte noch mal nach dem Zehn-Stufen-Prinzip. Wir machen weiter mit Holde Liebknecht!«

Quirin holte noch ein Bier, während Hans Josef Bodo Mögen beobachtete. Er verließ die Bühne und gesellte sich zu einer Gruppe langhaariger Männer mit Heavy-Metal-Kutten. Hans Josef näherte sich ihnen unauffällig, um sie zu belauschen. Die Jungs lobten den Auftritt ihres Kumpels. Mehrmals fiel der Ausdruck »gechillt«.

Inzwischen war nun Holde Liebknecht auf der Bühne angelangt. Sie hatte langes brünettes Haar, war groß und relativ korpulent. Alles passte zusammen, sie wirkte sehr gepflegt, attraktiv, appetitlich und stimmig. Sie begann mit ihrem Text, und der Irokese schaltete die Stoppuhr an.

»wo ist der poet
der fragt wie es mir geht
der meinen worten lauscht
und sie beizeiten auch versteht
und merkt wenn der wind sich dreht
oder wenn er einfach nur weht
der merkt wenn was nicht stimmt
oder wenn die lust in mir aufglimmt
und mich dann im rechten moment
einfach in die arme nimmt
oder merkt wenn nur die triebe
so stark sind wie die liebe
sich einfach an mir riebe
und im rechten moment bliebe
wo ist der poet
der fragt wie es mir geht
mich beizeiten auch versteht
und wenns zeit wird wieder geht«

Erneut stürmischer Applaus. Der nächste Performer, Hinnerck Maria Turner, war ein kauziger kleiner Mann, komplett in Schwarz gekleidet. Er las ein Gedicht über einen Strafgefangenen, der irgendwann merkt, dass er nicht in einem realen, sondern in seinem inneren Gefängnis sitzt, im Seelenknast sozusagen. Der Applaus fiel zwar schwächer aus als bei den Vorgängern, aber das Wohlwollen des Publikums war durchaus spürbar.

Als Nächster war Thomas Spitzer dran, dessen Buch Hans Josef soeben erstanden hatte. Sein Vortrag war so voller Poesie, Klugheit, Witz und Esprit, dass es Hans Josef und Quirin für einige Momente den Atem verschlug. Ein Dichterfürst, ein Meister, ein Geschenk für die Literaturwelt! Das Publikum überschlug sich regelrecht, und natürlich wählten sie ihn im anschließenden Zehn-Stufen-Applaudieren zum Sieger der ersten Runde.

In der Pause huschte Hans Josef zu Bodo Mögen hinüber, Quirin übernahm die Befragung von Holde Liebknecht. Hans Josef war klar, dass man in der Slam-Szene »du« zueinander sagen musste, wenn man nicht als Vater, der sein Kind abholen kommt, oder städtischer Sozialpädagoge entlarvt werden wollte.

»Ich bin Privatdetektiv und ermittle im Fall der verstorbenen Bühnenkünstlerin Zebra. Hättest du einen Augenblick Zeit?«, wäre vermutlich der korrekte Satz gewesen, mit dem Hans Josef das Gespräch mit Bodo Mögen hätte einleiten sollen. Stattdessen meinte er aber: »Gute Show! Kompliment!«

»Passt schon.«

»Wärst du nicht eigentlich am Samstag in der Endrunde im ›Lokschuppen‹ gewesen?«

»Stimmt, aber da war doch dieser Brand, wo die Slammerin erstickt ist.«

»Ja, ich weiß. Fürchterlich. Die arme Zebra.«

»Kanntest du sie?«

»Nur von der Bühne«, log Hans Josef aus strategischen Gründen. »Tot, wegen eines Wasserkochers!«

»Ich glaub ja ehrlich gesagt nicht, dass sie an der Rauchvergiftung gestorben ist«, erwiderte Bodo Mögen, wobei er die Stimme senkte.

Hans Josef hob überrascht die Augenbrauen. Sieh mal einer an, das ging ja schnell! Verriet ihm der erste Befragte schon die Auflösung des Falls? Hans Josef beschloss, sich dumm zu stellen.

»Wie meinst du das?«

»Die hat doch ständig irgendwelche Pillen eingeschmissen. Das haben alle in der Szene gewusst. Und der Veranstalter hat erzählt, dass sie auch an dem Tag, wo der Unfall passiert ist, wieder welche genommen hat. Es war bestimmt eine Überdosis, aber das werden die Leute vom ›Lokschuppen‹ schon zu vertuschen wissen. Würde ja kein gutes Licht auf die Slammer-Szene werfen.«

Verdammt, doch keine Spur! Hans Josef seufzte enttäuscht.

»Ja, davon habe ich auch schon gehört. Meinst du, sie hat sich umgebracht?«

»Nein, auf keinen Fall. Ein Unfall war es ganz bestimmt. Sie wird sich halt mit der Dosis der Schlaftabletten verkalkuliert haben.«

»Hm, ja, kann sein. Auf jeden Fall schade um sie. Ich wünsch noch einen schönen Abend. Und viel Erfolg.«

Hans Josef Strauß konnte das Gespräch an dieser Stelle getrost abbrechen. Sein Instinkt verriet ihm, dass dieser Mann absolut harmlos war und garantiert weder etwas mit Zebras Tod zu tun hatte noch imstande war, wertvolle Hinweise zu liefern. Er kämpfte sich durch das Gedränge hinüber zu Quirin, der noch immer mit Holde Liebknecht sprach.

»Seit einem Jahr war sie plötzlich so in sich gekehrt«, erinnerte sich Holde gerade. »Auch ihre Texte wurden immer ernster. Das war zwar für den Wettbewerb gut, weil das Publikum Texte liebt, die ans Herz gehen, aber irgendwas stimmte mit ihr nicht. Das habe ich gemerkt.«

»Seit einem Jahr?«, fragte Quirin. »Ohne besonderen Grund?«

»Ich kannte sie nicht so gut, und sie hat nicht viel über sich gesprochen. Vielleicht hat sie irgendeine Krankheit mit sich herumgetragen? Eine Depression vielleicht?«

»Kann sein. Man weiß bei den meisten Menschen nicht, was eigentlich hinter der Fassade los ist.« Quirin unterbrach sich selbst. »Übrigens, das ist Hans Josef, ein guter Freund.«

»Freut mich. Holde.«

Holde reichte Hans Josef ihre große Hand. Bevor sie das Gespräch fortsetzen konnten, fing schon die zweite Runde an.

Franz Forell war blass und trug einen altmodischen Topfschnitt. Mit Anzug und Krawatte erinnerte er ein wenig an Harold aus »Harold und Maude«. Sein Gedicht fiel erstaunlich kurz aus:

»Die Welt im dunklen Augenblick
lässt Dunkelheit in mir zurück.
Wo ist es hin, das schöne Funkeln?
Ich war doch immer nur im Dunkeln.«

Kaum Applaus. »Ich verstehe nicht ganz, wie die das hier bewerten«, wunderte sich Hans Josef Strauß daraufhin. »Achten die auf das Inhaltliche oder auch auf die Performance?«

»Ich glaub, das ist eine komplexe Mischung«, erklärte Quirin. »Sympathie, Stimme, Inhalt, Timing und so.«

Mit enttäuschtem Gesichtsausdruck schlurfte Franz Forell von der Bühne. Sein Nachfolger Ronaldino Taubknecht hatte eine Parodie auf Goethes »Zauberlehrling« geschrieben, in der die Besen Reichsbürger waren, die sich immer weiter vermehrten und derer sich der »Held« seines Gedichtes nur mithilfe eines Magiers entledigen konnte. Solider, aber nicht berauschender Applaus. Peits Beitrag hingegen handelte von einem ganz anderen Thema.

»Mein Text heißt ›Senile Bettflucht‹ und geht so:

Wir hängen rum wie immer
bei irgendwem im Zimmer
an irgendwelchen Tresen
schon immer so gewesen

Mit irgendwelchen Leuten
und irgendwelchen Bräuten
wir reden reden reden
über alles über jeden

Die Nächte werden lang
und jeder spürt den Drang
sich etwas aufzureiben
und möglichst lang zu bleiben

Die Betten bleiben leer
die Lider werden schwer
und keiner gibt dem nach
wach wach wach«

»Also, originell sind die schon«, fand Quirin.

»Geht so«, fand Hans Josef und warf seinem Partner einen skeptischen Blick zu.

Schließlich war der letzte Poet der zweiten Runde dran, Jaroslav Podprsenka. Er war deutlich älter als die anderen, hatte eine Pudelmütze auf dem Kopf und sprach mit stark tschechischem Akzent:

»Wer gewillt ist im Stillen zu chillen der braucht keine Pillen
oder rosafarbene Brillen der braucht nur nen Willen
und ohne zu warten muss man einfach starten
im Haus und im Garten ich schau dir nicht in die Karten
ich werde dich nicht betrügen und ohne zu lügen
auf Brechen und Biegen werd ich dich besiegen
ihr sauft euch ins Koma wie Opa und Oma
und am Schluss habt ihr im Mund voll das miese Aroma
wir sind positiv und progressiv wir reden auch im Konjunktiv
wir sind echt gute Leute und darum geben wir heute auch dir
die Gelegenheit ganz ohne Verlegenheit
wir leben voll Lust und umweltbewusst und sind rücksichtsvoll
von Spielverderbern und Deppen haben wir nämlich die Schnauze voll
schließ dich uns an, komm sei nicht so Mann wir sind echt gut und so
drum nimm dir ein Herz und komm ohne Schmerz und mit Mut und so«

Wieder tosender Applaus. »Die bringen doch bestimmt teilweise ihre eigenen Claqueure mit, oder?«, mutmaßte Hans Josef.

»Ist gut möglich«, pflichtete Quirin bei. »Das ist eigentlich ein seltsamer Umgang mit Kunst, wenn man das wie einen Sportwettbewerb betreibt.«

»Bekommen die, die rausfliegen, eigentlich am Schluss noch mal Applaus?«

»Nein. Wer rausfliegt, ist weg.«

»Dann haben die aber alle ein ziemlich dickes Fell.«

»Zumindest tun sie so«, merkte Quirin an. »Sicherlich gibt es da hinter den Fassaden auch eine Menge Missgunst und Neid.«

»Neid ist ein Synonym von Missgunst, lieber Quirin.«

»Du mi aa.«

»Was?«

»Du mich auch.«

Der Applaus ebbte nicht ab. Stolz verließ der Tscheche Jaroslav Podprsenka die Bühne und überließ den Platz hinter dem Mikrofon wieder dem Irokesenmann, der die Zuhörer nun aufforderte, gemäß der vorher eingeübten zehn Stufen ihre Favoriten in die Endrunde zu klatschen. Das Ergebnis war eindeutig: Jaroslav Podprsenka und Thomas Spitzer kamen ins Finale, das direkt im Anschluss stattfand. Letztendlich gewann Spitzer den Wettbewerb haushoch mit einem Text über Sexismus gegenüber Jungen und Männern. Nicht weniger tiefgehend, frech und weise als sein erster Text, fanden auch Hans Josef und Quirin. Als Spitzer von der Bühne kam, wurde er sofort von Leuten umringt. Wohl auch, weil sie von seinem Aldi-Champagner trinken wollten. Er selbst schien sich nichts aus dem

Getränk zu machen und bestellte gelassen eine Apfelschorle, während ein gedrungener Knabe aufgeregt in Türkendeutsch auf ihn einredete.

»Hey, Mann, deine Worte waren echt cool. Oida, hey. Ohne Schmarrn, die sind mir escht dursch Leib und Nieren gegangen.«

»Danke, freut mich.«

»Wir reden viel zu wenig über Umweltprobleme und Frauenreschte und so was.«

»Ja, aber ich hab ja einen völlig anderen Text gemacht.«

»Stimmt! Von dir war des mit den Jungs und die Eltern, die ständig ends die madigen Sachen sagen.«

»Genau, das war mein zweiter Text.«

»Der war auch gechillt, der Text. Aber ich find das Umweltthema auch extrem spannend. Wir sollten anfangen, einfach mehr Gutes zu tun.«

»Ja, auf jeden Fall. Aber ich würd jetzt gern zu dem Büchertisch rübergehen, da wollen ein paar Leute ein Autogramm haben, glaub ich.«

»Ja, passt, Mann. Logo. Gechillt, Mann.«

Obwohl Hans Josef viel lieber mit Thomas Spitzer gesprochen hätte, tippte er nun Peit auf die Schulter. Sein spontan erfundenes Konzept an diesem Abend: Stufenbefragungen. Sprich, er setzte es sich zum Ziel, in jedem Gespräch die kurz zuvor erhaltenen Informationen direkt mit einfließen zu lassen.

»Hey Peit, mein Name ist Hans Josef. War cool, dein Gedicht.«

»Merci.«

»Schade, dass man hier nur den Sekt gewinnen kann.

Geld bekommt ihr Slammer ja nicht, oder?«, fragte Hans Josef, den diese Frage wirklich interessierte.

»Ach, das wird eigentlich immer besser. Ist alles Verhandlungssache«, referierte Peit und lächelte wissend.

»Dann passt es ja. Hast du das mit Zebra gehört?«

»Die ganze Slam-Szene redet von nichts anderem.«

»Was ist deine Theorie?«

»Theorie? Die war so durch, die Alte, da hab ich offen gestanden mit allem gerechnet.«

»Inwiefern?«

»Himmelhoch jauchzend, zu Tode betrübt, sage ich nur. Und ständig Bestätigung durch One-Night-Stands. Sobald sie das Gefühl hatte, ein Kerl ist sauer auf sie, ist sie mit ihm in die Kiste gehüpft. Was erzähl ich dir, du hattest ja sicher auch mal das Vergnügen.«

»Äh, nein.«

»Okay, musst mir ja nicht alles auf die Nase binden. Ein Gentleman schweigt und genießt, nicht wahr? Haha! Aber weißt du, was ich ihr wirklich nicht verzeihen kann?«

»Nein.«

»Sie hat ihrer Nichte echt das Herz gebrochen.«

»Ihrer Nichte? Wie denn das?«

Hans Josef stellte erfreut fest, dass seine Befragungen heute geradezu ideal verliefen – die Auskünfte plätscherten nur so, und er selbst musste eigentlich gar nichts mehr sagen. Diese Situation wünschte sich wohl jeder Journalist bei einem Interview.

»Ich bin auf der Schauspielschule. Eine Mitschülerin von mir, Melanie, ist die Nichte von Zebra. Wir verstehen uns ziemlich gut und reden auch über persönliche Sachen. Letztes Jahr sind Zebra und sie zusammen übers Wochenende weggefahren. Zebra hat in ihrer grenzenlosen Wuschigkeit nicht mal vor ihrer kleinen Verwandten haltgemacht. Das muss man sich mal vorstellen, sie hat sie einfach verführt! Dabei ist Melanie wahnsinnig sensibel. Die hat nicht mehr gewusst, wo oben und unten ist. Die hat nur noch geheult, und Zebra hat sie am ausgestreckten Arm verhungern lassen.«

»Oh, das ist wirklich keine schöne Geschichte.«

»Nein, ist es nicht. Und wie ist es bei dir? Bist ein Literaturfreund? Bist ein Fan von Slams, oder? Junge Frauen kennenlernen und so?«

»Nein«, behauptete Hans Josef spontan, da er merkte, dass es ungut für die weiteren Ermittlungen sein könnte, es sich mit diesem jungen Herrn zu verscherzen. »Ich bin Sprecherzieher und erteile Schauspielern Privatunterricht.«

Das war sogar nur teilweise erfunden, da er ja jahrelang als Sprecher beim Rundfunk gearbeitet und tatsächlich jungen Menschen Sprechunterricht erteilt hatte.

»Ach so?« Der gerade noch recht arrogante Peit wurde plötzlich freundlich und professionell. »Das hätte ich nicht gedacht.«

»Tja, man sieht es mir nicht an«, kokettierte Hans Josef verschmitzt. »Auf welcher Schauspielschule bist du denn?«

»Auf der Elisabeth Mokri«, antwortete der Slammer wie aus der Pistole geschossen.

»Ach, interessant, dort wollte ich mich für das kommende Semester vorstellen.«

»Im Ernst? Das wäre im Sinne aller Schüler, wir haben nämlich nur eine einzige Sprechlehrerin an der Schule, und die ist seit drei Monaten krank. Unsere Schulleiterin ist, glaube ich, zu geizig, einen Ersatzlehrer einzustellen. Dabei ist gerade das Sprechtraining enorm wichtig bei der Schauspielausbildung.«

»Das würde ich sofort unterschreiben. Es ist so erschreckend, wie die Akteure in Filmen manchmal die Sätze vernuscheln«, legte Hans Josef nach und formulierte damit einen Gedanken, der ihm sogar wirklich oft durch den Kopf ging.

»Ja! Und wie gern wird ein Schauspieler nur nach Typ besetzt. Obwohl er weder sprechen noch spielen kann.«

»Stimmt. Ich muss aber auch sagen, dass es sich in letzter Zeit gebessert hat.«

»Na ja, wie man's nimmt. Hast du dich schon beworben bei der Mokri?«

»Nein, aber wenn gerade so dringend Bedarf ist, könnt ich's ja mal versuchen.«

»Bitte, unbedingt! Und wende dich nicht an die Frau Bleiweiß, das ist die linke Hand von der Frau Mokri, die ist zwar nett, aber lässt alles auf dem Stapel liegen. Sprich am besten mit der Steffi Arnold, die macht Szenenarbeit und ist unsere Lieblingslehrerin. Außerdem hat die ein gutes Händchen mit der Chefin.«

»Gut, dann werd ich das die nächsten Tage gleich mal in Angriff nehmen. In welchem Jahrgang bist du denn?«

»Ich bin im zweiten Jahr. Übrigens heiße ich mit vollem Namen Peter Fuchs. Wie der Sänger von Seeed. Nur halt Fuchs und nicht Fox.«

Hans Josef hatte keine Ahnung, wovon sein Gegenüber redete, merkte aber, dass sich zwischen ihm und Peit eine atmosphärische Veränderung vollzogen hatte. Von einer leicht überspannten Plauderei über latentes Kräftemessen zu einer kultivierten Unterhaltung, die mit einem freundschaftlichen Schulterklopfen zu Ende ging. Perfekt, dachte Hans Josef und sah sich zufrieden nach seinem Partner um. Quirin wartete bereits am Ausgang.

»Und, was hat Franz Forell gesagt?«

»Er war ziemlich schlecht gelaunt, weil er so wenig Applaus bekommen hat. Er könnte ein potenzieller Kandidat für unseren Täter sein, würde ich sagen. Leicht wahnsinnig, komplett falsche Selbsteinschätzung, komischer Typ, Außenseiter, vermutlich schon oft auf die Schnauze gefallen oder gekränkt worden.«

»Gut, wir sollten ihn im Auge behalten. Er hat mich ja nicht gesehen, dann kann ich ihn beim nächsten Mal betreuen.«

»Betreuen ist gut«, lachte Quirin. »Und bei dir? Scheint ja eine angeregte Unterhaltung gewesen zu sein.«

»Absolut! Der Peit ist Schauspielschüler hier in München. Die müssen wir nachher noch googeln, die Schule. Ich hab ihm erzählt, ich bin Sprecherzieher. Weil, und jetzt pass auf: Diese Zebra hatte eine Nichte, ebenfalls Schauspielschülerin auf derselben Schule wie Peit. Stell dir vor, die Tante hat ihre kleine Verwandte verführt! Und dann wollte sie nichts mehr von ihr wissen. Also haben wir noch eine denkbare Täterin. Verschmähte Liebe. Ein schönes Motiv!«

»Das ist ja interessant. War die Zebra lesbisch?«

Quirin zog fragend die Augenbrauen hoch.

»Nein, nicht direkt«, entgegnete Hans Josef. »Wie es aussieht, hat die nichts anbrennen lassen. Männer, Frauen, kreuz und quer. Behauptet zumindest Peit.«

»Nicht schlecht. Das ist schon wieder mal der Hammer.«

»Was ist der Hammer?«

»Der Hammer ist: Heut Morgen bin ich aufgewacht, und alles war fad und trist. Und schon wenige Stunden später sind wir bereits wieder mittendrin in einem Fall, der ja nun echt interessant zu werden scheint.«

»Da hast du recht, mein Lieber.«

Sie fuhren mit der U-Bahn zum Marienplatz, schlenderten über den Viktualienmarkt heim, verzogen sich in ihre jeweiligen Wohnungen im selben Haus, und gingen schlafen.

6. Kapitel

Drei Monate vor Zebras Tod

Zebra hatte wieder einmal erfolglos versucht, ihre 18-jährige Nichte Melanie telefonisch zu erreichen. Sie hatte es so lange klingeln lassen, bis die altbekannte Ansage »Der gewünschte Teilnehmer ist vorübergehend nicht erreichbar« ertönte.

Zebra legte auf und starrte kopfschüttelnd ihr Smartphone an. In der Nacht zuvor war ihr Melanie im Traum erschienen. Sie konnte sich nicht an die Details dieses Traumes erinnern, aber das Bedürfnis, endlich mit ihrer Nichte über alles zu sprechen, war dadurch enorm verstärkt worden.

Die ganze Sache lag nun beinahe ein Jahr zurück. Damals war Zebra mit Melanie zum Zelten in der Jachenau gewesen. Eine dreitägige Fahrradtour. Melanie hatte sich diesen Ausflug von ihrer Tante zum Geburtstag gewünscht. Alles war perfekt geplant gewesen, die beiden Fahrräder top in Schuss, genügend Proviant im Rucksack, ein nagelneues Iglu-Zelt auf dem Gepäckträger – sehr gute Voraussetzungen.

Aber dann hatte Melanie ihr am letzten Abend nach einer gemeinsamen Flasche Rotwein gestanden, dass sie leidenschaftliche Neigungen zum eigenen Geschlecht habe und seit Langem in sie, Zebra, ihre Tante, die Slammerin, das Blumenkind, die Lebenslustige, die Rahmensprengende, verliebt sei. Das Geständnis kam Zebra in diesem Moment überhaupt nicht ungewöhnlich vor, es fühlte sich ganz natürlich an. Sie entschied sich, der Offerte ihrer jungen und sehr hübschen Nichte nachzugeben, obwohl sie noch nie zärtliche Gefühle für eine Frau verspürt hatte. So erlebten die beiden eine sehr intensive, romantische Nacht voller Sinnesfreuden.

Am nächsten Tag aber kam der Kater. Und das schlechte Gewissen. Zebra fühlte sich schäbig. Das alles war ihre Schuld, sie hatte sich von einer Schutzbefohlenen verführen lassen, die fast noch ein Kind war. Sollte diese Sache herauskommen, würde man ihr dies bestimmt als Ausrede auslegen, ihr unterstellen, *sie* sei die Verführerin gewesen und habe das junge Mädchen manipuliert. Zebra hasste Gerede.

Sie kannte die Gesetzeslage nicht, war sich aber sicher, dass sie große Probleme bekommen würde, auch mit ihrem Bruder, Melanies Vater, der ihr Verhalten garantiert als höchst unmoralisch empfinden würde, wenn er davon erfahren würde. Sie wollte keinesfalls bezichtigt werden, in irgendeiner Form Unzucht mit Verwandten oder Schutzbefohlenen – wie auch immer der juristische Ausdruck lautete – begangen zu haben. Das war nach jener Nacht in der Jachenau ihre einzige Sorge gewesen.

In ihrer Unbeholfenheit hatte Zebra während der Rückfahrt kaum mit ihrer Nichte gesprochen. Erst später wurde ihr bewusst, dass das arme Mädchen dieses Verhalten als Ablehnung und psychische Folter empfunden haben musste. Zebra hatte Melanie bei deren Eltern abgeliefert, und die Verabschiedung zwischen Tante und Nichte war unpersönlich und eigenartig gewesen. Zebra rief Melanie gleich am nächsten Tag an und bat um ein zeitnahes Treffen, das zwar stattfand, aber auch nicht einwandfrei verlief. Melanie brachte kaum ein Wort heraus, also übernahm Zebra das Reden und beschwor ihre völlig aufgewühlte junge Verwandte, dieses einmalige, nur für sie beide relevante Ereignis für sich zu behalten und es als gemeinsames Geheimnis zu bewahren. Melanie weinte und flehte ihre Tante an, sich weiterhin heimlich mit ihr zu treffen, doch Zebra lehnte ab.

Als sie Melanie einen Monat später noch mal anrief, ging diese nicht ran. Und auch zu keinem späteren Zeitpunkt. Sie ging nie wieder ran. Zebra wusste, dass sie den Bogen überspannt hatte, welcher Dämon sie auch dazu getrieben haben mochte. Mit ihrer Unüberlegtheit würde sie eine tiefe Narbe in der jungen Seele hinterlassen.

All das verarbeitete Zebra in »Grundlos«. Die Worte flossen geradezu aus ihr heraus, und sie trug den Text auf der Bühne jedes Mal sehr emotional vor, ihre Stimme zitterte, ohne dass sie das als Stilmittel einsetzte, sie war tatsächlich von ihren eigenen Worten erschüttert und gerührt. Der Text machte ihr Mut, obwohl er doch von ihr selbst stammte und Zebra jedes Wort und jede Wendung darin auswendig kannte. Sie hatte mit »Grundlos« schon mehrere Poetry Slams gewonnen. Sie beschrieb darin nicht, was sich konkret zwischen ihr und ihrer Nicht ereignet hatte, sondern erzählte vielmehr von den Auswirkungen und der damit verbundenen inneren Stimmung, ihrem seelischen Zustand.

Sie hatte Melanie seit diesem Ausflug vor einem Jahr nicht mehr gesehen. Zebra versuchte, jeden Gedanken daran zu verdrängen, aus Schuldgefühlen und der latenten Sorge heraus, möglicherweise doch noch in einem Gerichtsprozess aussagen zu müssen und verurteilt zu werden. Eine Gefängnisstrafe war für ihr sensibles Gemüt unvorstellbar. Und die Schande erst, wenn ihr strenger Bruder und ihre lieben Eltern davon erfahren würden! Diese Angelegenheit nagte an ihr. Die arme Melanie! Wie gerne würde Zebra ihr Mut machen, um Verzeihung bitten, Klarheit schaffen. Ihr am liebsten ihren Text »Grundlos« vorlesen. Sie wählte einmal mehr Melanies Nummer, aber diese hatte ihr Handy ausgeschaltet. Schweren Herzens legte Zebra das Telefon beiseite.

7. Kapitel

In aller Herrgottsfrühe klingelte Hans Josefs Handy. Dank seiner Exfreundin Petra war er in dieser Hinsicht traumatisiert – wie oft hatte sie ihn, wenn sie verreist war, mitten in der Nacht wachgeklingelt, um irgendwelche Befindlichkeiten mit ihm zu besprechen. Er blinzelte und erkannte die Uhrzeit auf dem Display. 7:43 Uhr. Gut, das war zwar früh, aber nicht sittenwidrig.

»Strauß?«

»Guten Tag. Mein Name ist Brigitte Rammelsberger, isch bin de Muddi von do Gabriele.«

Franz Josef zuckte zusammen. Die Frau sprach Sächsisch.

»Gabriele?«

»Zebra.«

»Oh, guten Morgen! Mein herzliches Beileid.«

Die Mutter schluchzte.

»Danke schön. Ich bin völlisch durcheinander.«

»Es tut mir sehr leid, was passiert ist.«

»Ja, es ist so schrecklich …«

Am anderen Ende der Leitung war ein Schnäuzen zu hören. Dann ein geräuschvolles Ausatmen.

»Entschuldigung. Jetzt geht's wieder. Der Veranstalter vom ›Lokschuppen‹ hat mir Ihre Nummer gegeben. Er sagt, Sie würden den Tod meiner Tochter aufklären.«

»Ja, wir befinden uns gerade in den Anfangsrecherchen.«

»Gut. Ich glaube nämlich nicht, dass es ein Unfall war. Gabriele war sehr gewissenhaft und hätte niemals einen Wasserkocher angestellt, wenn sie vorher Schlaftabletten genommen hat. Außerdem hat sie, kurz bevor sie sich hingelegt hat, einen Chai Latte getrunken. Wozu hätte sie sich da noch extra einen Tee kochen sollen?«

»Sie hat einen Chai Latte getrunken?«

»Ja. Wissen Sie, ich stamme aus Dresden, und wir gehen immer, wenn wir dutt sind, ins ›Café Kreutzkamm‹. Nu is die Gabriele ebent vor vier Tagen, am Tag, als sie starb, in der Münchner Innenstadt in die Filiale vom ›Kreutzkamm‹ gegangen und hat sich einen Chai gekauft. Den mochte sie sehr gut leiden. Und ich weiß das deshalb, weil sie mir ein Foto von sich und ihrem Chai geschickt hat.«

»Das ist ja äußerst interessant. Um welche Uhrzeit hat sie denn das Foto geschickt?«

»Um fuffzn Uhr.«

»Ja, das war in etwa die Zeit, zu der sie sich schlafen gelegt hat.«

»Genau. Und noch was: Die Gabriele hat abgeschlossene Türen immer gehasst. Schon als kleenes Kind. Und sie konnte es ni ertragen, wenn man an die Tür geklopft hat, da hatte sie zeitlebens eine Phobie.«

»Vor Türklopfen?«

»Ja, vor Türklopfen. Wenn ich sie in der Früh geweckt habe, durfte ich nicht klopfen. Ich hab ihren Namen gerufen, da hat sie druff bestanden.«

Die Mutter brach erneut in Tränen aus. Hans Josef drehte seinen Kopf nach links und rechts, eine Bewegung, die er gerne machte, weil sich dadurch Verspannungen in der

Nackenmuskulatur lösten. Die arme Frau tat ihm leid. Es muss schlimm für eine Mutter sein, ihr Kind zu verlieren, vor allem, wenn das Verhältnis eng und gut war, und das schien es, ihrer Erzählung nach zu schließen, gewesen zu sein.

»Ich werde mein Bestes geben, aufzuklären, was an jenem Nachmittag geschehen ist«, versicherte Hans Josef Strauß.

»Da wäre ich Ihnen sehr dankbar. Wer hat Sie eigentlich beauftragt?«

»Niemand. Ein befreundeter Journalist hat mich auf den Vorfall aufmerksam gemacht, und ich arbeite mit meinem Geschäftspartner derzeit ehrenamtlich daran.«

»Das is aber oooch ni im Sinne des Erfinders. Darf ich Ihnen denn eine kleine finanzielle Aufmerksamkeit zukommen lassen?«

»Da sag ich nicht Nein.«

»Gerne. Bitte geben Sie mir doch Ihre Kontodaten.«

Als Hans Josef und Quirin eine Stunde später am Frühstückstisch bei weich gekochten Eiern, frischen, knusprigen Semmeln, reschen Brezn, Fassbutter, selbst gemachter Erdbeermarmelade vom Viktualienmarkt, Adelholzener Heilwasser, Milchkaffee, Schafskäse, Landschinken und gepresstem Orangensaft saßen, zogen sie ein kleines Resümee.

»Wir haben ein paar neue Fakten, die für unsere Theorie sprechen, dass es kein Unfall war, sondern Mord«, schilderte Hans Josef Strauß, nachdem er sein zweites Bio-Ei verzehrt hatte. »Zebra mochte keine abgeschlossenen Türen und hatte Horror vor Klopfen. Frühkindliche Traumatisierung, vielleicht war sie mal eine Nacht oder mehrere Nächte hintereinander lange im Dunkeln gelegen und hat aus der

Ferne ein Klopfen gehört, das sie bis heute verfolgt. Ähm, verfolgt hat. Da ist die Wahrscheinlichkeit nicht groß, dass sie zum einen ihre Abneigung vor verschlossenen Türen missachtet und zusperrt, und zum anderen riskiert, dass dann jemand klopft, was ja bei abgesperrten Türen durchaus im Bereich des Möglichen liegt.«

»Ja, klar. Wenn abgesperrt und keine Klingel zu finden ist, klopft man halt.«

»Genau. Also der einzige Grund, wieso sie hätte absperren wollen, wäre: Angst.«

»Angst?«

»Ja, davor, dass jemand reinkommt und irgendwas macht. Ich kenn mich ja mit Schlafmitteln nicht so aus, aber vielleicht ist man dann so im Tiefschlaf, dass man bestimmte Sachen nicht mehr mitbekommt. Vielleicht sollten wir mal in diese Richtung überlegen.«

»Das ist eher unwahrscheinlich«, vermutete Quirin. »Menschen, die oft Schlaftabletten einnehmen, sind das gewohnt und wachen normalerweise auf, wenn irgendwas passiert. Dann sind sie halt manchmal vermutlich a bissi dramhappad.«

»Drahm Hubbard?«

»Naa, dramhappad. Mei, wia übersetz i des am besten, wamma so a bisserl verwirrt is nachm Aufwachn, geistesabwesend, no ned ganz wach …«

»Schlaftrunken nennt man das.«

»Ja. Schlaftrunken! Genau. Oiso, des kann sei, dass ma dann *schlaftrunken* ist, aber auf keinen Fall ohnmächtig oder im Koma. Moanst, jemand hat ihr K.-o.-Tropfen verabreicht? Sollt ma a Autopsie anstreben?«

»Das ist zu viel Aufwand, und ich will nicht mit der Polizei zusammenkommen. Strengen wir mal weiter unsere grauen Zellen an. Fakt ist: Sie hat irgendein Schlafmittel genommen und so tief geschlafen, dass sie nichts bemerkte. Sonst wär sie ja aufgestanden und rausgerannt, der Schlüssel steckte im Schloss, und sie hätte rausgekonnt. Das hätte sie geschafft, der Brand war ja nicht überall, die anderen sind ja auch reingekommen, um zu löschen. Also muss ihr Schlaf sehr tief gewesen sein.«

»Ungewöhnlich tief«, wunderte sich Quirin nachdenklich, während er eine Dose Andechser Schnupftabak hervorholte. Er schüttete einen kleinen Haufen auf seinen linken Handrücken, verschloss die Schnupftabakdose, stellte sie auf den Tisch, nahm mit Daumen und Zeigefinger etwa die Hälfte des Schnupfpulvers auf, hielt es vor das rechte Nasenloch, verharrte kurz mit konzentriertem Blick, zog die Prise hoch und tat sogleich dasselbe mit dem linken Nasenloch. Gerade so, wie er es dem großartigen Hans Baur alias Amtsgerichtsrat August Stierhammer in der brillanten alten Fernsehserie »Königlich Bayerisches Amtsgericht« des erstklassigen Schriftstellers Georg Lohmeier abgeschaut hatte. Quirin hatte übrigens Anfang 2015 der Beisetzung des legendären Künstlers auf dem Nordfriedhof und der anschließenden Trauerfeier in der ehemaligen Schwabinger Dorfkirche St. Sylvester, nahe des Englischen Gartens, beigewohnt. Quirin liebte sein München und freute sich, dass sein westfälischer Freund Hans Josef Strauß ebenso romantische und tiefe Gefühle für diese wunderschöne Stadt hegte.

»Ihr Schlaf war also so tief«, gab Hans Josef zu bedenken, während er den Kopf in den Nacken legte und an die Decke blickte, »dass die Theorie, sie würde aufgrund der

Routine trotz Schlafmittels bei irgendwelchen ungewöhnlichen Ereignissen oder Geräuschen erwachen, hiermit widerlegt wäre. Sie hat wie ein Baby geschlummert und den Rauch eingeatmet. Ohne Schlafmittel wäre sie davon ja wohl aufgewacht und zumindest aus dem Bett gesprungen. Aber als sie gefunden wurde, war sie zugedeckt. Sie ist eindeutig im Schlaf gestorben.«

»Also doch K.-o.-Tropfen.«

»Vielleicht. Wie können wir das ohne Autopsie herausfinden?«

»Wahrscheinlich gar nicht.«

»Unser Vermieter, der Herr Hartl, hat einen Bruder. Der ist Gerichtsmediziner. Allerdings, glaub ich, a. D.«

»›Ade‹?«, fragte Hans Josef Strauß. »Wieso ›ade‹? Willst du noch ausgehen?«

»Was?«

»Weil du ›Ade‹ gesagt hast.«

»›Ade‹?«

»Ja, das sagt man doch in Augsburg oder so, wenn man sich verabschiedet.«

»Ach so. Nein, ich hab gemeint *a. D.*, außer Dienst. Ich werd mich mal erkundigen.«

»Ach so, sag's doch gleich. Sehr gut. Gehst du bitte rüber ins Wohnzimmer? Ich muss ein paar Telefonate führen.«

»Guad«, schloss Quirin die Unterhaltung, richtete Notizblock und Stift her und schlurfte in den angrenzenden Wohnbereich von Hans Josefs Wohnung.

»Hallo, Strauß mein Name. Bin ich mit der Schauspielschule Mokri verbunden?«, flötete Hans Josef Strauß in das Mikrofon seines Handys, das er wie so oft auf »Laut« gestellt hatte, damit er es irgendwo hinlegen und mit den Händen andere Dinge erledigen konnte.

»Ja, wie kann ich Ihnen helfen?«

»Ich hätt gern die Frau Arnold gesprochen.«

»Die ist gerade im Unterricht. Vielleicht kann ich Ihnen auch weiterhelfen?«

»Nein, leider nicht. Wann kann ich sie denn erreichen?«

»So in zwanzig Minuten.«

»Gut.«

Exakt zwanzig Minuten und neun Sekunden später versuchte es Hans Josef erneut.

»Schauspielstudio Elisabeth Mokri, mein Name ist Bleiweiß, was kann ich für Sie tun?«

»Ja, hier noch mal Strauß. Ich würde bitte gerne die Frau Arnold sprechen.«

»Ja, kleinen Moment.«

In der Leitung ertönte das Lied »Theater« von Katja Ebstein. Nach wenigen Sekunden piepte es, und jemand meldete sich.

»Jaaa, Stefanie Arnold?«, frohlockte eine hohe, sanfte, sympathische Stimme.

»Grüß Sie, Frau Arnold, Strauß mein Name. Ich hatte gestern das Vergnügen, Ihren netten Schüler Peter Fuchs kennenzulernen.«

»Ah, Sie sind der Sprecherzieher. Er hat mir schon von Ihnen erzählt.«

»Richtig. Ich hatte nämlich ohnehin vorgehabt, mich bei Ihnen vorzustellen, allerdings erst in ein paar Monaten. Aber da mir Herr Fuchs berichtete, dass derzeit wohl akut Bedarf besteht, können wir uns gern auch schon jetzt darüber unterhalten.«

»Das trifft sich sehr gut. Unsere derzeitige Sprechlehrerin ist, wie Sie ja bereits wissen, auf längere Zeit erkrankt, und es wäre toll, wenn Sie vorübergehend auf Stundenbasis den Sprechunterricht übernehmen könnten.«

»Wie viele Stunden wären das pro Woche?«

»Es sind drei Jahrgänge zu betreuen, und der Stundenplan sieht insgesamt zwölf Schulstunden pro Woche vor. Sie würden auf Rechnung arbeiten, wir bezahlen zweiundzwanzig Euro pro Stunde.«

»Das wäre für mich in Ordnung.«

»Fein! Wann könnten Sie denn mal vorbeikommen?«

»Heut Mittag gleich? Also in zwei Stunden?«

»Ja, das ist recht. Wissen Sie, wie Sie zu uns kommen?«

»Ja, Pfarrstraße, das ist im Lehel, oder?«

»Genau, in der Nähe vom St. Anna-Platz, Ecke Thierschstraße.«

»Gut, dann bin ich um zwölf Uhr bei Ihnen.«

Hans Josef legte auf und wollte sich gerade eine Strategie überlegen, wie er als neuer Sprechlehrer auftreten sollte, als sein Handy erneut klingelte.

»Strauß?«

»Ja, hallo, Herr Strauß, hier ist der Veranstalter vom, äh, Slam, wissens schon.«

»Der Lucky!«

»Ja, genau, der Lucky. Ich wollt nur fragen, ob Sie zufällig die Schlüssel mitgenommen haben, weil wir finden die nimmer.«

»Oh, da müsst ich mal schauen, eigentlich haben wir nichts mitgenommen, ich hab ja von allen Gegenständen Fotos gemacht. Aber ich frag mal meinen Mitarbeiter.«

»Des wär gut. Ist eigentlich egal, weil jetzt während der

Renovierung sperrt da eh keiner ab, aber der Ordnung halber wärs halt gut.«

»Alles klar. Ich meld mich, wenn ich was find.«

War am Ende doch der Schlüssel der Schlüssel zur Lösung des Falls? Im Gegensatz zu Quirin liebte Hans Josef Wortspiele dieser Art. Er schlenderte zum Schreibtisch, zog sich die OP-Handschuhe an, die immer in der obersten Schublade lagen, nahm das kleine Tütchen mit dem roten Schiebeverschluss aus der untersten Schreibtischschublade und besah sich in aller Ruhe die beiden Schlüssel darin. Dabei fiel ihm nur auf, was er bereits wusste: Sie waren authentisch. Einer hatte ein Plastikschildchen, der andere nicht. Ansonsten an Letzterem keine Auffälligkeiten. Kein Blut am Schlüssel. Nur Ruß. Egal. Er legte das Tütchen mit den Schlüsseln zurück, zog die Einmal-OP-Handschuhe wieder aus und warf sie in den Papierkorb.

8. Kapitel

Die zweite Jahrgangsstufe der Elisbeth-Mokri-Schauspielschule hatte gerade Akrobatikunterricht mit Schwerpunkt Bühnenkampf. Die Stunde leitete der Wiener Choreograf Petrus Zankl, ein feminin wirkender, schlanker Mann, der stets schwarze Muskelshirts trug und sich die Schultern mit Kokosöl einrieb, sodass sie anmutig glänzten.

Gerade klatschte Zankl in die Hände. »So, hopp, hopp, Kinder, wir machen ein bisschen Ausdauertraining.«

Die Akrobatikstunden fanden in einem Ballettzimmer mit großen Spiegeln und Holzhalterungen an den Wänden statt. Durch die imposanten Fenster strahlte die Sonne herein. Die neun anwesenden Schüler waren angehalten, abwechselnd Handstand, Kopfstand, Rolle vorwärts und Rolle rückwärts zu üben. Nur eines der Mädchen machte nicht mit. Sie stand im Eck und schaute geistesabwesend zu. Petrus Zankl stelzte auf sie zu.

»Melanie, ich habe Verständnis, wenn du nicht mitmachen möchtest. Uns allen ist die Nachricht vom Tod deiner Tante unheimlich nahegegangen. Möchtest du heimgehen oder zumindest ein bisschen an die frische Luft?«

Zankl hob die Augenbrauen.

»Nein, ich glaub, das wird gleich wieder. Oder doch, vielleicht kurz etwas spazieren gehen.«

»Selbstverständlich. Es wäre toll, wenn du in einer halben Stunde wieder hier sein könntest, da üben wir nämlich Fallen mit Abrollen, eine sehr wichtige Sache.«

»Ist gut. Vielen Dank, bis später.«

Melanie verließ das Zimmer, ging den kleinen Flur entlang, wo es immer extrem nach Linoleum roch, und dann weiter in Richtung Ausgang. Im Vorbeigehen bemerkte sie zwei Personen im Aufenthaltsraum. Die eine Person war ihre Lehrerin, Frau Arnold, die andere ein groß gewachsener Mann mit hohen Wangenknochen. Scheinbar hatten die beiden etwas Amüsantes zu besprechen, sie lachten und waren gut gelaunt. Melanie begab sich hinaus ins Freie, spazierte ein wenig durch die Straßen und kam schließlich zur St.-Anna-Kirche, wo sie sich auf eine Parkbank setzte. Mit leerem Blick starrte sie vor sich hin. Das Schlimme war, dass der Tod ihrer Tante in ihr nicht Trauer, sondern Genugtuung ausgelöst hatte. Sie konnte noch immer kaum glauben, was diese Frau ihr angetan hatte! Noch nie war sie so verletzt und gedemütigt worden. Sie dachte an frühe Kindheitstage, als die lustige Zebra oft bei ihr zu Hause zu Besuch gewesen war. Man hatte gemeinsam gekocht und das Malefiz-Spiel oder Canasta gespielt. Es war so unbeschwert und lustig, Tante Zebra brachte in jede noch so verkrampfte Situation augenblicklich Gelassenheit und Freude. Irgendwann, als Melanie dreizehn oder vierzehn wurde, begann sie, sich vorzustellen, wie ihre Tante abends in ihr Zimmer kommt. Niemand spricht etwas, alles geschieht sehr langsam und voller Behutsamkeit. Zebra streift Melanies Nachthemd herunter und dann ihr eigenes. Nun beginnt sie sanft und voller Zärtlichkeit, Melanies Körper zu streicheln, dann küssen sich beide und verschmelzen, werden eins. Dicse Fantasie ließ Melanie nicht mehr los. Immer, wenn sie auf ihre Tante traf, roch sie heimlich an deren Haut, berührte sie kurz und unauffällig, zog sich rasch zurück, um sich mit diesen ›frischen‹ Sinneseindrücken wieder ihrer Fantasiewelt hinzugeben.

Doch dann kam der Tag, an dem Zebra völlig überraschend zusagte, mit ihr in die Jachenau zu fahren. Melanies Herz wollte ab diesem Moment nicht mehr aufhören, wie verrückt zu schlagen, so aufgeregt war sie. Ein ganzes Wochenende, nur Zebra und sie! Und sie wusste, sie würde ihr Geheimnis nicht mehr für sich behalten können, sie musste es Zebra sagen, sonst würde sie innerlich verbrennen.

Endlich kam der große Tag. Sie radelten von Bad Tölz aus etwa zwei Stunden drauflos, machten eine kurze Pause in Lenggries und erreichten schließlich »Nazareth sub monte, wie die örtliche Bevölkerung das Tal östlich des Walchensees scherzhaft nannte. Dort schlugen sie ihr Basislager auf, gingen spazieren, badeten im Fluss, machten ein Feuer, kochten Spaghetti, tranken Rotwein und fühlten sich rundum wohl. Doch Melanies innerer Druck war so groß, dass sie am zweiten Abend, als sie, wie schon so oft zuvor, mit dem Kopf an Zebras Schulter lehnte, ihrer Tante zaghaft gestand, dass sie für sie mehr empfinde als für irgendjemanden sonst auf der Welt, dass sie echte, leidenschaftliche Gefühle für sie habe und es ihr nun endlich sagen müsse. Zebra wurde sofort rot, und Melanie befürchtete, zu weit gegangen zu sein, als Zebra sie plötzlich in den Arm nahm und unglaublich sanft auf die Lippen küsste. Danach geschah alles beinahe so wie in Melanies jahrelang gehegter Fantasie, nur war es eben Wirklichkeit und dadurch noch intensiver und noch beglückender, als das Mädchen sich jemals hätte vorstellen können. Melanie hoffte in dieser Nacht, als Zebra längst nackt und wunderbar duftend neben ihr schlief, dass es noch zahlreiche solcher Treffen geben würde. Sicherlich würde gerade das Verbotene an dieser verwandtschaftlichen Verstrickung die Liebschaft zwischen Zebra und ihr noch aufregender machen! Sie war im siebten Himmel, und als ihr Herzschlag sich endlich beruhigt hatte und das Hochgefühl in wohlige Erschöpfung umgeschlagen war, fiel auch sie schließlich in einen behaglichen und seligen Schlaf.

Am nächsten Morgen hatten beide kaum Worte gefunden. Melanie vermutete, dass es ihrer Tante ähnlich erging wie ihr, dass sie einfach zu überwältigt war von den Eindrücken der wundervollen gemeinsamen Nacht. Aber Zebra blieb den ganzen Tag über seltsam wortkarg und wich Melanies Blicken aus. Sie radelten zurück nach Tölz, und auch hier besprachen sie nur praktische Dinge – welcher Kreisverkehr der sinnvollste sei oder ähnlich belangloses Zeug. Dann folgte der katastrophale Abschied am Gartentor. Zebra blieb scheinbar absichtlich kühl und unverbindlich. Die Seifenblase von der großen, heimlichen, verbotenen, alles in den Schatten stellenden Liebe zwischen Nichte und Tante zerplatzte. Von dem Moment an, in dem Melanie dies realisierte, war sie so unglücklich wie nie zuvor. Ihr wurde übel, sie fing an zu schwitzen, ihr Magen zog sich unkontrolliert zusammen, sie konnte nichts dagegen machen. Als ihre Eltern sie fragten, wie denn die Fahrradtour gewesen sei, antwortete sie knapp und sachlich, was ihre Mutter dazu veranlasste, etwas genauer nachzufragen, weil sie dieses Verhalten ihrer Tochter nicht kannte. Irgendwann gelang es Melanie, sich der verhörähnlichen Situation mit ihren Eltern zu entziehen und sich in ihr Zimmer zu verkriechen, wo sie vor lauter Schock nicht mal weinen konnte.

Am nächsten Tag war ihr Zustand noch schlimmer, sie hatte über Nacht Pickel bekommen und wimmerte ununterbrochen leise vor sich hin. Die befreienden Tränen blieben nach wie vor aus. Ihr Handy hatte sie schon seit ihrer Heimkunft ausgestellt, sie hätte nicht den Nerv gehabt, mit irgendjemandem zu telefonieren. Aber jetzt schaltete sie es wieder ein. Während ihr Handy nach Empfang suchte, dachte sie an die kurz zuvor erlebten erotischen Stunden, die ihr jetzt wie eine Farce vorkamen, eine Fata Morgana, ein dämonischer Spuk. Kaum zeigte ihr Handy zwei Balken Empfang an, da klingelte es – Zebra! Melanie schüttelte verzweifelt den Kopf und rang mit sich, ob sie abnehmen sollte. Vielleicht würde Zebra ja etwas Versöhnliches sagen, vielleicht hätte sie einen Vorschlag, wie man trotz der Widrigkeiten der Verwandtschaft und des Altersunterschieds den gerade entstandenen Funken wahrhaftiger Liebe weiterhin glimmen lassen könnte? Melanie kratzte allen Mut zusammen und nahm das Gespräch an. Zebra klang ungewohnt erwachsen und sachlich. Sie schlug vor, sich doch bald zu treffen und über alles zu sprechen. Gespannt und erleichtert sagte Melanie zu. Das Treffen kam kurz darauf in Zebras Wohnung zustande, und Melanie spürte schnell, es würde kein Erfolg werden. Aber sie wollte um jeden Preis versuchen, zumindest einen Hauch dessen, was zwischen ihnen gewesen war, zu bewahren, wie eine Ertrinkende in den Fluten des Ozeans, die sich einen Strohhalm zum Atmen erhofft. Doch Zebra redete ohne Unterlass und bestand beharrlich darauf, das zweifellos schöne Ereignis in guter Erinnerung zu behalten, aber es keinesfalls in irgendeiner Form zu wiederholen oder die Romanze weiterzuführen. Melanie konnte nun nicht mehr an sich halten, und die Tränen flossen platzregenartig über ihre Wangen. Allerdings waren diese Tränen keine Tränen der Befreiung, sondern der Verzweiflung. Mit erstickter Stimme hatte sie versucht, ihre Tante wenigstens zu gelegentlichen Treffen zu überreden, diese aber war eisern und unnachgiebig geblieben. Zebra gab nur Belangloses und Floskeln von sich, die Melanie wie durch eine Wand hindurch hörte. Als sie es nicht mehr aushielt, stand sie wie im Traum auf und rannte ohne Verabschiedung aus der Wohnung. Zebra lief ihr nicht nach.

Die folgenden Wochen waren die schlimmsten in Melanies Leben, sie kam ins zweite Jahr ihrer Schauspielschule und litt wie ein sterbendes Tier. Sie stürzte sich in die Arbeit, lernte Texte, spielte Rollen, wurde oft von ihren Lehrern gelobt. Aber jeder bemerkte die Veränderung, die in ihr stattgefunden hatte. Melanie reagierte nicht auf Nachfragen, sie ließ kein Wort über ihren Kummer nach außen dringen, was dazu führte, dass die meisten Menschen ihr neues Benehmen wohl als eine Art spätpubertäre Schrulligkeit auslegten.

Zebra hatte noch ein paar Mal angerufen, aber Melanie war nicht rangegangen. Sie wusste, jeder Kontakt zu ihrer Tante würde ihr schaden und sie noch tiefer ins Unglück stürzen. So widmete sie sich weiterhin intensiv ihrem Studium und erlangte im Lauf der Wochen und Monate wieder innere Stabilität und Freude an Kleinigkeiten. Bis sie erfuhr, was sich bei jenem Slam-Workshop in Rosenheim ereignet hatte … Nein, daran wollte sie jetzt nicht denken. Sie blickte auf die St.-Anna-Kirche, sah zwei Mütter mit

Kinderwagen vorbeilaufen und atmete tief durch. Ihre Tante Zebra hatte nur für sich selbst gelebt, war grenzenlos egoistisch und selbstherrlich gewesen, hatte andere Menschen benutzt und verletzt, Herzen gebrochen, Träume zerstört. Ihr Tod war also nur folgerichtig und gerecht. Beinahe fühlte Melanie sich in diesem Moment angenehm behaglich. Dann stand sie auf und marschierte zurück zu ihrer Schule, Fall-Übungen machen.

9. Kapitel

Steffi Arnold hatte eine süße spitze Nase und auch sonst ein ausgesprochen ansprechendes Äußeres. Hans Josef war angenehm überrascht, als er ihr in einen Raum folgte, der dem Wartezimmer in einer Arztpraxis ähnelte. An den Wänden standen Stühle nebeneinander, in der Mitte des Raums befanden sich kleine Tische mit Zeitschriften, an den Wänden hingen viele kleine Gemälde in goldenen Rahmen.

»Wie gestalten Sie denn Ihren Unterricht?«, fragte Frau Arnold und lächelte offenherzig und gewinnend.

»Grundvoraussetzung für einen Schauspieler ist meiner Meinung nach ja, dass er neben präzisem Spiel und absoluter Verinnerlichung der Rolle in der Lage ist, das Publikum mit seiner Stimme zu fesseln. Dazu braucht es natürlich Dynamik, Energie und eine deutliche Artikulation. Deshalb achte ich in meinem Unterricht darauf, mit jeder Schülerin und jedem Schüler ihren oder seinen ganz individuellen Sprechstil herauszuarbeiten.«

Mann, war er heute in Form! Nicht ohne Stolz hörte Hans Josef sich selbst sprechen.

»Das klingt sehr gut! Ich würde vorschlagen, ich stelle Ihnen einfach mal Frau Mokri vor, von mir aus würde es passen.«

»Liebend gern«, strahlte Hans Josef Strauß. Sie standen

auf und schlenderten hinaus in den Flur zu einer Treppe. Da kam ihnen eine junge, äußerst attraktive Schauspielschülerin entgegen und grüßte.

»Wo warst du denn, Melanie?«, fragte Frau Arnold.

»Nur kurz an der frischen Luft, mir war nicht so gut«, begründete Melanie ihre Abwesenheit. Hans Josef war klar, dass es sich bei dieser hübschen, aber offensichtlich etwas verstört wirkenden jungen Frau um Zebras Nichte handeln musste. Er verstand beim besten Willen nicht, wie Zebra solch ein schönes Geschöpf von sich stoßen konnte.

Im ersten Stock der Schauspielschule befand sich das Büro der Chefin, ein altmodisches Zimmer mit gerahmten Schwarz-Weiß-Aufnahmen von Stummfilmstars, Emil Jannings, Marlene Dietrich, Max Schreck, Fritz Rasp und dem frühen Hans Albers. Über dem Schreibtisch hing das bunte Bild einer indischen Gottheit mit vielen Armen. Elisabeth Mokri saß mit griesgrämigem Gesichtsausdruck an ihrem antiken Schreibtisch und kritzelte etwas in ein Büchlein.

»Dürfen wir einen Moment stören?«, fragte Frau Arnold.

»Ungern«, brummte Frau Mokri.

»Ich wollte Ihnen Herrn Strauß vorstellen, er würde kurzfristig die Vertretung von Frau Lentzen-Orthmann übernehmen, bis sie wieder gesund ist.«

»Nun ja«, murmelte Frau Mokri und schielte mit einem Auge nach oben. »Denken Sie, das ist für die Schüler wirklich sooo essenziell?«

»Sprecherziehung ist sehr wichtig, liebe Frau Mokri«, sprach Frau Arnold weiter. »Und Herr Strauß macht auf mich den Eindruck höchster Kompetenz!«

»Aha. Dann erzählen Sie doch mal, junger Mann. Was sind denn Ihre Stärken in der Sprecherziehung?«

»Mir geht es darum, für jeden Schauspielschüler seinen eigenen, unverwechselbaren Sprechstil zu entwickeln und zu fördern. Das primäre Ziel ist daher klangliche Qualität, Ausdrucksfähigkeit und Belastbarkeit der Sprechstimme.«

»Das ist ja alles schön und gut. Aber wie werden Sie dieses Ziel erreichen?«

»Mittels Übungen in den Bereichen Atemtechnik, Phonetik, Artikulation, Stimmbildung und Textarbeit werde ich bei jedem Schüler ein ausgewogenes Verhältnis von Stimme, Körper, Geist und Emotion erzeugen. Teils in Gruppenarbeit, aber auch im Einzelunterricht.«

»Und wie sind Ihre Verdienstvorstellungen so?«

»Ich dachte so an fünfundzwanzig Euro die Stunde«, probierte es Hans Josef kühn.

»Zweiundzwanzig Euro«, tat Elisabeth Mokri kund und widmete sich wieder ihrem Büchlein.

»Auch gut«, willigte Hans Josef ein, während Frau Arnold zu ihm hinübersah, leicht verunsichert mit den Schultern zuckte und ihm mit einer Geste signalisierte, dass sie wieder hinuntergehen sollten.

»Ich zeig Ihnen noch kurz die Räumlichkeiten. Hier ist das Fecht- und Sportzimmer, da findet gerade Akrobatik statt.«

Sie öffnete die Tür einen Spalt. Neun Schauspielschülerinnen und Schauspielschüler, darunter auch Melanie und Peit, bekamen gerade von einem Lehrer gezeigt, wie man sich beim Hinfallen abrollt.

»Besonders wichtig ist die Balance und ein sicheres Körpergefühl. Wenn wir auf einer Bananenschale ausrutschen und hinfallen, können wir das bei gewisser Übung mühelos ausgleichen und fallen so, dass wir uns nicht verletzen. Bei einem Sturz von fremder Hand eines Kampfes ist das anders, da wird der Sturz ja von fremder Hand herbeigeführt. Daher haben wir vorhin durch Kopf- und Handstand sowie Rollen vorwärts und rückwärts ein stärkeres Balancegefühl bekommen. Nächste Woche habe ich das Trampolin dabei, da üben wir dann Schulterlauf, Pyramiden, Flugrollen, Salto vorwärts und rückwärts und die, die es sich zutrauen, Flickflack. Vom Fechten her kennt ihr ja schon die Kausalität von Aktion und Reaktion bei kontrollierter Beziehung zum Kampfpartner. Das ist wie bei einem Fußballspiel, man arbeitet zusammen. Oder wie bei gutem Sex.«

Die Klasse lachte.

»Anders als bei *normalem* Sex sind beim Bühnenkampf auch Tritte, angedeutete Schläge und Sprünge möglich. Wir kennen das aus verschiedenen Kampfsportarten. Das machen wir aber noch nicht, jetzt erarbeiten wir uns erst mal ein gutes Körpergefühl. Und ihr könnt es dann abends mit eurem Partner beim Sex unter Beweis stellen, wie gut ihr heute mitgearbeitet habt.«

»Das sind ja recht frivole Späße, die der Lehrer mit den Schülern macht«, staunte Hans Josef Strauß.

»Frau Mokri legt da großen Wert drauf. Sie findet, Sexualität sei ein wichtiger Bestandteil des Lebens, früher war sie mal Bhagwan-Anhängerin.«

»Oh.«

»Es werden sogar für die Schüler intern Tantra-Seminare angeboten. Auf freiwilliger Basis, versteht sich«, erläuterte Steffi Arnold und warf Hans Josef einen zweideutigen Blick zu. »Das nächste Seminar ist übrigens kommendes Wochenende. Wenn Sie Interesse haben … Das ist immer ziemlich spannend dort.«

»Ich werde mich erst mal um die Sprecherziehung kümmern«, antwortete er, obwohl ihn ein tantrisches Ritual mit Frau Arnold durchaus gereizt hätte. Aber vielleicht hatte er den zweideutigen Blick ja auch missverstanden.

Bei der Verabschiedung erklärte Steffi Arnold: »Sie schreiben dann alle Stunden auf, die Sie arbeiten, plus maximal vier Stunden Vorbereitungszeit pro Woche. Und wegen des von mir angekündigten Stundenlohns: Wir steigen mal mit zweiundzwanzig Euro ein und versuchen, uns dann nach ein paar Wochen etwas nach oben zu verbessern. Einverstanden?«

»Absolut!«

»Gut, also, von mir aus können Sie gleich morgen mit unserer Abschlussjahrgangsstufe anfangen, die sind momentan beim Proben eines Stücks und können etwas Stimmbildung sicherlich gut gebrauchen.«

»In Ordnung. Morgen um wieviel Uhr?«

»Viertel nach neun, es ist eine Doppelstunde.«

»Ich werde aber schon nach Schulstunden à fünfundvierzig Minuten bezahlt?«

»Selbstverständlich!«

»Dann passt es. Bis morgen. Ich wünsch no an scheena Doag.«

Es war wahrscheinlich nicht besonders geschickt, gleich zu Beginn mit seinem sonderbaren erfundenen Alpinbayerisch anzukommen, aber Hans Josef hatte diese Sache leider nicht im Griff. Steffi Arnold sah ihm freundlich, aber leicht perplex hinterher.

10. Kapitel

Quirin stand vor der Tür seines Vermieters und klingelte. Von drinnen war ein kurzes Rumpeln zu vernehmen, dann öffnete sich die Tür.

»Herr Hartl, bitte entschuldigens, dass ich stör«, buhlte Quirin mit beinahe hündischer Unterwürfigkeit.

»Was gibt's, Herr Hausner?«, fragte Hartl mit fast regentenhafter Gleichgültigkeit.

»Ihr Bruder ist doch Gerichtsmediziner, oder?«

»Ja, er war es, als er noch berufstätig gewesen ist.«

»Meinen Sie, ich könnt den um einen Gefallen bitten?«

»Worum geht's genau?«

»Um eine Ermittlung.«

»Ah, hams schon wieder eine wichtige Ermittlung«, mutmaßte Hartl. »Und Sie dürfen mir nicht sagen, worums geht, aus Datenschutzgründen, oder?«

»Genau!«

»Na ja, mir is ja im Grund wurscht. Ich wollt eh mit Eahna sprechen, Herr Hausner.«

»Aso? Warum?«

»Weil wir ein paar Sicherheitsmaßnahmen im Haus vornehmen werden. Unter anderem kommen Rauchmelder, Feuerlöscher und Sprinkleranlagen in die Wohnungen rein. Müssen wir halt ausmachen, wann die Handwerker reinkönnen. Aber des dauert ja ned lang.«

Quirin wunderte sich etwas über diesen eigenartigen Zufall.

»Aha. Und wie kommens da jetzt drauf?«

»Des sind irgendwelche neuen Vorschriften. Aber es ist ja auch sinnvoll.«

»Guad, dann sprechen wir noch mal wegen eines Termins.«

»Machmer. Wartens mal, i gib Eahna die Nummer vom Maxe. Hams was zum Schreiben?«

»Naa, äh …«

»Wurscht, i hab scho was.«

Hartl holte ein kleines, vollgeschriebenes Adressbuch hervor, suchte darin die Nummer seines Bruders und kritzelte mit einem Kugelschreiber »Dr. Max Hartl, 089 297663« auf die Rückseite einer Modebroschüre, wahrscheinlich einst eine Beilage der Tageszeitung *tz*, die er täglich zum Frühstück las.

»Dankschön!«

»Passt scho.«

Quirin begab sich wieder in seine Wohnung und rief kurz darauf bei Dr. Hartl an.

»Hartl?«, meldete sich eine Frauenstimme.

»Grüß Sie, Hausner. Dürft ich mal den Herrn Doktor Hartl sprechen?«

»Ja, Augenblick.«

Es rauschte in der Leitung.

»Hartl?«

»Hallo, Herr Dr. Hartl, Hausner hier. Wissens scho, i bin a Mieter im Haus von Ihrem Bruder.«

»Ah, der Hausner, I woass scho. Wo drückt der Schuh?«

»I arbeit mittlerweile in der Detektivbranche.«

»Hat mir mei Bruada scho verzählt.«

»Genau. Jetzt ist eine junge Frau verstorben. Die Polizei glaubt, dass es ein Unfall war, aber mir sind uns da nicht so sicher.«

»Die Polizei glaubt schnell mal was. Beziehungsweise aa mal ned, wenns pressiert.«

»Ich weiß. Jedenfalls bräuchten wir eine Obduktion.«

»Sie san guad, a Obduktion kann man ned einfach so ohne richterlichen Beschluss durchführen. Außerdem bin ich ja schon einige Zeit aus dem Dienst ausgeschieden.«

»Es wär wirklich sehr wichtig.«

»Was brauchens denn genau?«

»Die Verstorbene hatte kurz vor ihrem Tod ein Schlafmittel genommen. Wir müssten wissen, ob sie noch andere Substanzen im Körper hatte.«

»Na ja, da müsst man ja nur das Blut untersuchen.«

»Wenn das ausreicht ...?«

»Im Normalfall dürfte das langen. In die Gerichtsmedizin rein komm ich schon noch. Da müsst ich nur erst mal rumtelefonieren, wo denn der Leichnam ist und so weiter. Aber ich kenn noch die meisten Mitarbeiter und kann euch den Gefallen schon tun.«

»Mei, des wär echt großartig.«

»Wann ist denn die Frau verstorben?«

»Am Samstag.«

»Dann dürft man sie noch herbekommen. Wie heißt sie?«

»Gabriele Rammelsberger.«

»Guad, ich versuch mein Bestes.«

»Sehr gut, vielen Dank!«

Im Anschluss wählte Quirin die Privatnummer von Atlas

Prohaska, dem Moderator des Poetry Slams. Seltsamerweise hatte Lucky keine Handynummer notiert.

»Lederer?«, krächzte die Stimme eines älteren Mannes.

»Äh, ja, Hausner hier. Kann ich bitte mit Herrn Prohaska sprechen?«

»Mit wem?«

»Äh, also, äh, Atlas Prohaska.«

»Wer?«

»Atlas Prohaska, er ist Moderator. Es kann sein, dass es ein Künstlername ist.«

»Ah, Sie meinen vielleicht meinen Enkelsohn?«

»Ja, das kann gut sein.«

»Ich habe mir gerade ein paar von seinen Schallplatten angehört.«

»Aha, das ist ja interessant. Was sind denn das für Schallplatten?«

Quirin liebte schräge Gespräche mit älteren Menschen. Schon während seiner Jugend hat er sich am liebsten mit den Großeltern oder Onkels und Tanten seiner Freunde unterhalten. Diese Gelegenheit wollte er sich also auch jetzt nicht entgehen lassen.

»Das sind Schallplatten, äh, also, die sind ja mittlerweile so Silberlinge.«

»Ach so, ja, CDs, oder?«

»Ja, oder wie man das eben nennt. Genau. Und ich hab mir nun mal die Mühe gemacht und da etwas reingehört. Also, das ist so moderne Gitarrenmusik, die der hört. Und ich mach mir da ehrlich gesagt Sorgen.«

»Wieso? Befürchten Sie, dass er dadurch negativ beeinflusst oder religiös manipuliert wird?«

»Quatsch! Musik manipuliert doch keinen!«

»Glaub ich ja auch nicht wirklich. Was ist denn dann mit der Musik von Ihrem Enkel?«

»Wie gesagt, ich hab mal diese Schallplatten unter die Lupe genommen.«

»CDs.«

»Ob CDs oder Schallplatten, das ist doch das Gleiche. Beide erzeugen Schall. Als Erstes hab ich mir die Titelbilder auf den Hüllen angesehen. Hier zum Beispiel. Mötley Crüe heißt diese Gruppe anscheinend. Die sind ja alle geschminkt. Dabei sind es nur Männer! Und weiter: Scorpions, steht hier drauf. Die tragen allesamt knallenge Lederklamotten! Ich habe den dringenden Verdacht, mein Enkelsohn könnte homosexuell sein.«

»Oha«, gluckste Quirin.

Der alte Mann ließ sich nicht beirren: »Ich habe mir sogar die Musik angehört. Die singen wie Frauen. Die singen so: Aaaaaaaaaaaaaaaah.«

Quirin bekam beinahe einen Lachkrampf. Das war wirklich putzig, was sich der Opa für Gedanken machte. Aber Quirins heiseres, unterdrücktes Kichern war so leise, dass der ältere Herr es offenbar nicht hören konnte.

»Die meisten Leute denken«, schimpfte er weiter, »der alte Zausel ist zu dämlich zu begreifen, was heutzutage so passiert. Aber ich habe noch immer einen gut funktionierenden Verstand! Mir kann keiner was vormachen!«

»Entschuldigen Sie, aber ich muss Ihren Enkel da in Schutz nehmen. Die Scorpions gibt's seit über fünfzig Jahren, und Mötley Crüe haben sich, glaube ich, inzwischen nach weit über dreißig Jahren aufgelöst. Und gerade die Jungs von Mötley Crüe sind bekanntermaßen heterosexuell.«

»Aha. Deshalb schminken sie sich auch die Lippen und

tragen Lidschatten, oder was? Verkaufen Sie mich doch nicht für blöde!«

»Nun ja …«

»Schauen Sie sich nur mal an, wie die Lieder von dieser Mötley Crüe heißen! ›Stick to Your Guns‹! Das ist eine klare Anspielung auf den Penis und Homo-Liebe! Aber egal. Unsere Familie muss sich ja nicht fortpflanzen. Das würde mir gerade noch fehlen, dass dann am Ende irgendwelche geschminkten Knaben mein Erbe verjuxen.«

»Nun, da misch ich mich lieber nicht ein. Kann ich Ihren Enkel denn mal sprechen?«

»Den Christian? Nee, der ist nicht da. Aber Sie können ihn auf dem mobilen Gerät erreichen.«

»Alles klar. Darf ich mal die Nummer haben?«

»Gerne.«

Quirin notierte die Nummer, verabschiedete sich und legte auf. Er dachte zurück an seinen lieben Opa väterlicherseits. Ein schlagfertiger und frecher Kerl, dem er viel zu verdanken hatte. Seine Gattin, Quirins Oma, war sehr bürgerlich gewesen, brav, nett und immer drauf bedacht, dass es allen gut ging. Oft hat sie sich für ihren Ehemann geschämt, meist in Momenten, in denen Quirin ihn besonders cool fand. Er liebte es, an die alten Geschichten zu denken. Einmal, das hatten ihm seine Eltern erzählt, hatte seine Oma ihren Mann, also Quirins Opa, gebeten, doch endlich den gemeinsamen Sohn, Quirins Vater, aufzuklären, als er im Alter von 19 oder 20 Jahren mit seiner Freundin, die Quirins Mutter werden sollte, eine gemeinsame Reise unternehmen wollte. Quirins Opa nahm seinen Sohn daraufhin beiseite und erklärte ihm in nur einem kryptischen Satz: »Oiso, Bua, i gib dir an Rat: Pass auf!«

Quirins Mutter wurde natürlich sofort schwanger. Quirins Vater lief zu seinen Eltern und rief: »Wir bekommen ein Kind.« Die Oma weinte vor Glück. Der Opa schlug die Hände über dem Kopf zusammen und entgegnete: »Ach du Scheiße!«

Ein Dreivierteljahr später, seine Eltern hatten inzwischen geheiratet und waren zusammengezogen, kam Quirin im Münchner Rotkreuzkrankenhaus zur Welt. Sein Vater rief bei seinen Eltern an, um die gute Nachricht zu verkünden, und der frischgebackene Opa war am Apparat. Im Hintergrund fragte die Oma: »Und, was isses geworden?« Der Opa freute sich: »Natürlich a Bua, was sonst?«

Wenn Quirin später mit seinen Eltern bei Oma und Opa in Penzberg zu Besuch war, schaute seine Oma immer durchs Küchenfenster und sah die lieben Verwandten ankommen. Bevor er sie einließ, alberte der Opa durch die Sprechanlage: »Mir kaufa nix!« Oben in der Mietwohnung legten Quirin und seine Eltern ihre Jacken an der Garderobe ab, und der Opa fragte: »Derf i eich a kloane Erfrischung anbieten?« Stets bejahten die Besucher erfreut, woraufhin der Opa die Balkontüre öffnete, einladend in die Kälte hinauswies und anschließend minutenlang kicherte.

Nach dem Mittagessen und der dritten oder vierten Canasta-Runde stand der Großvater immer auf und tat kund: »I bin glei wieder da. Muass nur meine Augentropfa nehma.« Seine Augen produzierten zu wenig Tränenflüssigkeit, daher musste er mehrmals täglich Tropfen anwenden. Er stolzierte also hinaus und kam zwei Minuten später gut gelaunt wieder zurück, allerdings mit heftiger Obstler-Fahne. Quirin und seine Eltern freuten sich schon immer auf diese Aktion, die die Oma gar nicht mitbekam. Noch nicht mal dann, als er in fortgeschrittenem Alter des Öfteren vergaß, den Schnaps runterzuschlucken, und mit verdächtig zusammengepressten Lippen und vor Flüssigkeit geblähten Wangen zum Spieltisch zurückkehrte und weiterspielte, als wäre nichts. Oft schluckte er den Obstler erst fünf Minuten später oder zum Ende der Runde hinunter. Stand man mit Quirins Opa im Auto an einer roten Ampel, so stellte er stets fest: »Samma wenigstens die Ersten.«

Als Quirin 15 Jahre alt war, nahm sein Opa ihn einmal mit aufs Oktoberfest. Sie schlenderten ungefähr drei Stunden durch die Gegend, weil der Opa bei jedem Fahrgeschäft sämtliche Verankerungen und Verlötungen begutachten wollte. Danach saßen sie noch eine weitere Stunde im Bierzelt, und der Opa erklärte den Umsitzenden, dass die neumodischen Schraubsysteme Mist seien und der TÜV der letzte Scheißverein, und er wundere sich, dass sie den nicht längst zugesperrt hätten. Als Quirin fragte, ob er trotz seines noch jugendlichen Alters auch einmal eine Maß Bier trinken dürfe, antwortete der Opa: »Freile. Hinter die Ohren.«

Halb versunken in die Erinnerungen an seinen lieben, leider inzwischen verstorbenen Großvater, über den er aber mit seinen Eltern bis zum heutigen Tag bei allen möglichen Anlässen sprach, rief Quirin Atlas Prohaska auf dem Handy an.

»Ja?«

»Atlas Prohaska?«

»Ja?«

»Quirin Hausner am Apparat, ich hab die Nummer vom Lucky.«

»Ah, einer von den Detektiven.«

»Genau. Können wir uns treffen? Ich hätt ein paar Fragen.«

»Kömmer schon machen. Heut Abend um acht in der Bar ›Sehnsucht‹?«

»Gut, wo ist denn das?«

»Amalienstraße.«

»Okay. Und wie erkennen wir uns?«

»Zur Not ruf mich halt auf dem Handy an, wenn du da bist.«

»Gut. Bis später.«

11. Kapitel

Hans Josef fuhr mit der Tram zurück. Das war sehr praktisch, denn er konnte direkt vor der Schule einsteigen und bis zum Reichenbachplatz durchfahren, von dem aus es nur noch wenige Schritte zu seiner Wohnung waren. In der Straßenbahn streiften gerade Kontrolleure herum. Hans Josef zückte brav seine Isar-Card, die für den gesamten Innenraum gültig war. Durch ein Jahresabonnement bezahlte er nur knapp 50 Euro im Monat und musste nur stempeln, wenn er mal an Werktagen vor 9 Uhr morgens fahren wollte, was eigentlich nie vorkam. Und in der Schauspielschule musste er auch erst um 9:15 Uhr aufschlagen, sodass er dank der kurzen Strecke nicht würde schwarzfahren müssen.

»Soo, die Fahrkarten bidde«, fauchte der Kontrolleur zu dem Mann, der hinter Hans Josef saß.

»Hier, bidde.«

Der Mann sprach mit leicht sächsischem Akzent. Sonderbar, dachte Hans Josef, erst der Poetry-Slammer, dann Zebras Mutter, und jetzt schon wieder. Er hätte nichts dagegen, diesen Dialekt etwas seltener zu Ohren zu bekommen.

»Aha, a Streifenkarte, guad. Zwoa Streifen hamma abgestempelt. Wo woins denn hi?«

»Münschno Freiheit.«

»Aha. Und wo steigens dann um?«

»Sendlinger Tor.«

»Guad. Da hams richtig gstemplt. Zwoa Streifa, des basst. Ham Sie an Ausweis dabei?«

»Wouzun das?«

»I muass nur Ihre Daten erfassen. Des is seit neistm Vorschrift.«

»Ooch, wennsch rischdsch gestembblt hab?«

»Des is wurscht. Hams an Ausweis dabei?«

»Muss isch guggn. Den habbsch ni immo mit.«

»Sie wissen aber scho, dass Sie a Mitführungspflicht von am Ausweisdokument ham?«

»Wees isch schönn. Ah, da isso ja.«

Ein Pfiff ertönte. Er ging von Hans Josefs Smartphone aus und erklang jedes Mal, wenn er eine SMS erhielt, was allerdings sehr selten vorkam. Alle anderen Hinweistöne hatte er deaktiviert. Die Kurznachricht stammte von Nina Hofmann, der netten Nürnbergerin vom Faschingsdienstag: »Am Wochenende Zeit?« Theoretisch schon, aber vielleicht wollte er ja doch an dem Tantra-Seminar in der Schauspielschule teilnehmen? Er schrieb vorsichtshalber: »Gerade viel Stress. Nächste Woche saugern.« Keine zwei Sekunden später kam die Antwort: »O. k.«

Indes nahm die Konversation zwischen Kontrolleur und Kontrolliertem ihren Lauf.

»Wo wohna Sie? In Berg am Loam. Aha. Derfat i bittschön nomoi Eana Streifenkarte seing?«

»Äh, wieson diss?«

»Derfis bittschön nomoi seing?«

»No, hio, bidde.«

»Sie san vorgestern laut Streifenkarte um 8:20 in da Friah beim Wettersteinplatz eigstieng, aber am Tag zuvor hams zuletzt vom Stachus aus gstemplt. Wie sansn zum Wettersteinplatz hikemma?«

»Äh, also isch möschte doch anmergn, dass das ein Eingriff in meine Privat–«

»Nix, nix, wie san Sie zum Wettersteinplatz hikemma? Und was hams da überhaupts gmacht?«

»Isch hab da ne Bekannde besucht …«

»A *Bekannte* hadder bsucht. A *Bekannte*!«

»Jo, und die hat misch am Abend des Vurtags midm Äudo abgeholt.«

»Aha. Hams da an Nachweis?«

»Nee, isch …«

»Koan Nachweis oiso. Wie ist denn der Name von der besagten *Bekannten*?«

»Das möschtsch hier ni vor allen Leuddn–«

»Da kemma glei no ganz andere Sacha macha vor alle Leit, Kamerad. Oiso, auf geht's. Vor- und Nachname der Dame!«

»Sabrina Neumarkter.«

»A Einheimische aa no. Des werd ja immer scheena.«

»Abbo …«

»Nix abbo. Abbo. Abbo. Woasstas, irgendwie umanandagurken und völlig konfus stempeln, dass ma nix mehr nachvollziehen kann, und dann no bläd daherreden!«

»Bitte entschuldigen Sie mal, isch–«

»Sie kemma doch aus da Zone. Da miassns sich doch mit Zonen auskenna.«

»Isch werde Beschwerde gegen Sie einreischn!«

»Des makst. Des makst.«

»Wie issn der Name bidde?«

»So weit kommts no!«

»Ihren Namen!«

»Den werd i dir grad aufs Aug drucka, du Hanswurscht.«

Der kontrollierte Fahrgast wandte sich zu den umsitzenden Fahrgästen um.

»Ham Sie das mitbekomm? Isch benötische Zeugen für dieses ungeheuerlische Verhalddn.«

»Sei froh, dass i die ned mitgnumma hab, Späzi. Da hast dei Fahrkartn und dein gschissnen Ausweis, und näxts Moi reisst di a bisserl zam, Bürscherl.«

Achtlos warf ihm der Kontrolleur Fahrkarte und Personalausweis auf den Schoß.

»Äh, also, isch–«

»Ende der Diskussion. Soo, die Fahrkarten bidde.«

Hans Josef musste sowieso aussteigen. Er war fassungslos, wie schamlos manche Menschen die Narrenfreiheit auslebten, die ihnen ihr Beruf schenkte. Dieser Kontrolleur war ja im Grunde untragbar. Vermutlich hatte er sogar heute einen guten Tag. Was wohl geschehen würde, wenn der mal mit dem falschen Fuß aufstand? Hans Josef wagte nicht, es sich auszumalen.

12. Kapitel

Als Hans Josef nach Hause kam, sah er Quirin gerade mit Varoufakis vom Gassigehen zurückkommen.

»Lieb isser schon, der Varoufakis«, erkannte Quirin an. »Aber der zieht so an der Leine, da werd ich morgen sicher einen brutalen Muskelkater haben.«

»Ich lass ihn immer frei laufen an der Isar«, erklärte Hans Josef lässig.

»Ich hätte eher Angst, dass er dann nimmer kommt.«

Hans Josef behielt sein kleines Geheimnis mit dem weggelassenen »s« für sich, um irgendwann einmal damit auftrumpfen zu können.

»Wie wars in der Schauspielschule?«, fragte Quirin jetzt.

»Ich hab den Job!«

»Cool! Gratuliere! Wann geht's los?«

»Morgen. Und die Nichte von der Zebra hab ich auch schon gesehen. Bildhübsches Mädchen.«

»Brav bleim, gell!«, feixte Quirin.

»Mal schaugn.«

»›Schaung‹ hoasst des. Ned ›schaugn‹.«

»Aber im Schriftbayerüsch heißt es ›schaugn‹.«

»Du kummst ma glei mit deim Schriftbayerisch.«

»Immerhin befass ich mich mit unserer Hoamadsproach.«

»Is scho recht. Aber was anders, was Erfreuliches«, sprach Quirin feierlich, »der Bruder vom Herrn Hartl ist, wie ich mich richtig erinnert hab, nicht mehr im Dienst, aber er war sehr nett am Telefon und wird einen Bluttest machen, er hat da noch gute Kontakte. Obduktion wäre zu riskant, er sagt, das Blut könne er unauffällig untersuchen. Und den Moderator, diesen Atlas Prohaska, treff ich nachher.«

»Heut läufts ja mal wieder wie am Schnürchen«, stellte Hans Josef zufrieden fest, bevor er über die Leine von Varoufakis stolperte, sodass es ihn beinahe sauber geschmissen hätte. »Warum haben die eigentlich alle so komische Namen?«

»Des dad mi aa interessieren.«

»Die wollen, glaub ich, besonders extravagant rüberkommen. Übrigens machen die an der Schauspielschule auch so Tantra-Seminare.«

»Was? An der Schauspielschule?«

»Ja, die Leiterin ist irgendwie früher in Indien beim Bhagwan gewesen.«

»Um Gottes willen, was es nicht alles gibt!«

»Ja, am Wochenende findet eben so ein Tantra-Kurs statt. Wollen wir hinfahren?«

»Spinnst du, ich bin doch nicht wahnsinnig!«

»Das könnte doch ganz inspirierend sein, mit Schauspielschülerinnen und so …«

»Fahr du da mal hin, des is nix für mich.«

»Na ja, egal. Ich muss jetzt noch den morgigen Unterrichtstag vorbereiten.«

»Aso? Was hast du auf dem Plan?«

»Stimmbildung und Stimmmuskulatur-Stärkung im mittleren Resonanzbereich nach Giulio Panconcelli-Calzia.«

»Da schau her.« Sein Partner nickte beeindruckt.

Kurz darauf saß Quirin in der Bar »Sehnsucht« in Schwabing und wartete auf Atlas Prohaska. Sowohl Mitarbeiter als auch Gäste der Bar waren von Kopf bis Fuß tätowiert, die Frauen waren hübsch geschminkt und überwiegend im Fünfzigerjahre-Look gekleidet, fast alle Männer trugen Koteletten und Baseballkappen. Ein junger, gut gebauter Mann mit markantem Kinn, Vollbart und freundlichen braunen Augen fragte Quirin, was er trinken wolle. Quirin bestellte ein Helles. Einige Gäste tranken Tomatensaft aus kleinen Schnapsgläsern, vermutlich irgend so ein Szenegetränk mit Tabasco und Schnaps, dachte sich Quirin, als ein Bursche mit besonders prächtigen Koteletten, schwarzem Hut und tiefer Stimme ihn ansprach:

»Haben wir vorhin telefoniert?«

»Ja. Atlas Prohaska?«

»Genau.«

»Wie hast du mich erkannt?«

»Am Styling.« Atlas Prohaska lächelte schelmisch. »Also, ihr seid ein kleines Detektivbüro, und ihr wollt rausfinden, ob jemand die Zebra umgebracht hat, richtig?«

»Zumindest gibt's da noch ein paar ungeklärte Fragen.«

»Und wer hat euch beauftragt?«

»Unter anderem die Mutter der Verstorbenen.«

»Gut. Ich bin gern behilflich.«

»Wie war das denn bei dem Slam im ›Lokschuppen‹?«

»Na ja, es war ja das Finale, und die Künstler waren im Vorfeld ziemlich gut. Da hat jeder Einzelne eine Chance gehabt. Und beim Slam geht es ja in erster Linie ums Dabeisein. Klar, jeder gewinnt gern, nur die Community ist halt auch so eine Art Familie, jeder kennt jeden und so.«

»Hat die Zebra schon oft gewonnen?«

»Ja, einige Male. Meist mit dem Text ›Grundlos‹, ein ernstes, aber auch geistreiches Gedicht.«

»Aha, darf man denn dasselbe Gedicht mehrmals vortragen?«

»Bei derselben Veranstaltung nicht, aber wenn man wie Zebra bei unterschiedlichen Slams auftritt, klar, jeder liest seine besten Texte vor.«

»Und gab es jemanden, der eifersüchtig auf Zebra gewesen sein könnte?«

»Du suchst ein Motiv, ist ja sonnenklar. Falls du denkst, einer der Finalisten hätte ein krummes Ding gedreht: No way. Es ist ja keine Fußball-WM oder die Oscar-Verleihung, sondern nur ein Slam, und der Sieger bekommt ne Flasche Schnaps oder Sekt. Das ist kein wirklicher Wettbewerbsdruck mit Neid und Hass oder so.«

»Okay, gut zu wissen. Wir hatten offen gestanden auch gar keinen der Finalisten im Verdacht. Uns interessiert in erster Linie, wie das mit dem Brand passiert ist.«

Der bärtige, muskulöse Mann mit dem charismatischen Kinn servierte Atlas ein Weißbier. Quirin und er stießen an.

»Wir waren ja auf der Bühne beschäftigt, weil ab neunzehn Uhr der Einlass beginnen sollte. Und irgendwann rief jemand *Hey Digger, oben brennts!*«

»›Dicker‹?«

»Das sagt man so in der Szene. So wie man ›Oida‹ sagt.«

»Aha.«

»Ich halt gleich raufgerannt, da waren schon der Lucky, also der Veranstalter, und irgendwelche Mitarbeiter. Aber die Zebra hatte von innen abgeschlossen, und wir kamen nicht rein. Und der Zweitschlüssel hat rein gar nichts gebracht, weil der andere von innen steckte. Ich hab versucht, die Tür einzutreten, aber die war wahnsinnig stabil und massiv, da hätten sich schon drei kräftige Kerle gleichzeitig dagegenwerfen müssen, um die zu öffnen. Der Lucky hat dann einen Draht oder so was geholt und den Schlüssel, der innen gesteckt hat, aus dem Schloss gestoßen. So konnten wir dann endlich aufsperren. Aber wir kamen zu spät, Zebra war schon tot.«

»Und sie lag im Bett?«

»Ja, klar, wo sonst? Sie hat ja tief und fest geschlafen, kein Wunder bei dem Schlafmittel.«

»Wie war das eigentlich mit der Zebra und den Männern?«

»Wie meinst du das?«

»Hatte sie einen Freund?«, fragte Quirin mit einem cleveren Gesichtsausdruck.

»Ich glaub nicht. In der Slam-Szene sind viele nicht in festen Beziehungen.«

Aus den Boxen dröhnten jetzt die ersten Takte von »Guns Of Brixton« von The Clash, und Atlas begann, mit dem Kopf mitzugrooven.

»Das heißt, man hilft sich mal untereinander aus, wenn gewisse Bedürfnisse entstehen?«, fragte Quirin mit süffisantem Grinsen.

»Unter Umständen«, schmunzelte Atlas.

»Wie war das bei Zebra?«

»Wenn man sie im rechten Moment erwischt hat, war sie recht zugänglich …«

»Aha. Gegenüber allen?«

»Nein, sie hat sich schon ausgesucht, mit wem sie in die Kiste geht.«

»Dann würde mich mal interessieren, wer denn nicht bei ihr landen konnte.«

»Ach so, von wegen Motiv und so. Tja, ich glaub, da gabs wohl einige, die sich die Zähne an ihr ausgebissen haben.«

»Zum Beispiel?«

»So genau weiß ich das nicht.«

»Wenns da *einige* gegeben hat, wirst du ja schon ungefähr eine Ahnung haben, wer das gewesen sein könnte.«

»Ich will jetzt niemanden in den Kreis der Verdächtigen rücken, das geht gegen meine Ehre, verstehst du?«

Der Detektiv nickte bedächtig. »Ja, das kann ich gut verstehen, man hängt keinen gern hin. Vielleicht fällt dir ja trotzdem noch was ein. Meine Nummer hast du ja«, bemerkte Quirin und trank sein Bier aus.

»Hab ich. Und ihr könnt euch auch jederzeit melden, wenn noch Fragen auftauchen.«

»Sehr gut. Sag mal, was ist das eigentlich für ein rotes Zeug, das hier alle trinken?«

»Das ist ein Mexikaner.«

»So was wie Bloody Mary?«

»Ja, nur statt Wodka nimmt man Korn.«

»Oh. Ungewöhnlich.«

»Schon. Schmeckt aber geil. Trinken wir einen?«

»Probieren würd ich schon mal.«

Quirin blieb noch auf ein weiteres Bier und zwei Mexikaner, die in der Tat gut schmeckten und ihn etwas an Gazpacho, jene kalte spanische Gemüsesuppe, erinnerten.

Als er um 23 Uhr heimkam, war das Licht bei Hans Josef schon aus. Er nahm seinen neuen Job als Sprecherzieher offenbar sehr ernst, was Quirin gefiel. Weil er ja am nächsten Tag nicht wirklich etwas vorhatte, verbrachte er die halbe Nacht damit, auf der Couch zu lümmeln und seine derzeitige Lieblingsserie »Boston Legal« weiterzuschauen.

13. Kapitel

Hans Josef fühlte sich wie ein Schüler, der zum ersten Mal in eine neue Klasse kommt. Dabei war er doch jetzt auf der anderen Seite. Ein bisschen unwohl war ihm schon. Was würde er tun, wenn sie ihn nicht mochten? Wenn sie ihn als Scharlatan entlarvten? Ihm irgendwelche fachlichen Fragen stellten, die er nicht beantworten konnte? Es war erst halb neun, er entschied sich, die Schulleiterin aufzusuchen, um sie etwas besser kennenzulernen.

»Guten Morgen, Frau Mokri!«

Sie stand mit dem Rücken zur Tür und kramte in einem Regalfach herum. Ruckartig drehte sie den Kopf nach hinten.

»Guten Morgen. Wie kann ich Ihnen weiterhelfen?«

»Ich bin der neue Sprechlehrer. Wir haben uns gestern kurz kennenglernt.«

»Oh, ja, natürlich. Bitte, nehmen Sie Platz.«

Heute schien sie um einiges freundlicher zu sein als gestern. Hans Josef nahm Platz wie geheißen.

»Das werden Sie sicher gut hinbekommen, unsere Schüler sind sehr nett. Darauf achte ich auch bei den Vorstellungsgesprächen, ich möchte hier ja keine Hornochsen in der Schule haben«, plauderte Frau Mokri zutraulich. »Wie stehen Sie eigentlich zur Körperarbeit?«

»Sie meinen körperliche Arbeit?«

»Nein, ich meine energetische Arbeit, Meditation, Qi Gong, Yoga.«

»Ach so, nun, ich habe mich noch nicht viel mit solchen Dingen beschäftigt, bin aber absolut aufgeschlossen.«

»Das ist gut. Wissen Sie, ich bin nämlich davon überzeugt, dass alles miteinander verbunden ist und es im Leben in erster Linie darum geht, Energie fließen zu lassen, also nicht nur bei der Schauspielerei.«

»Da ist was dran.«

»In unseren Gefilden herrschen ja traurigerweise noch immer einige gesellschaftliche Vorbehalte gegenüber Methoden, die zu mehr Selbstwahrnehmung und Selbsterkenntnis führen. Unser Körper ist der Tempel der Seele, wissen Sie? Man kann beispielsweise allein mit Atemtechnik Selbstheilungsprozesse aktivieren, die schon im Körper angelegt sind.«

»Das ist mir bekannt. Atemtechnik gehört ja auch zu meiner Sprechtherapie.«

Glücklicherweise hatte Hans Josef sich gestern Abend im Internet noch gründlich eingelesen.

»Wenn Sie möchten: Am Samstag beginnt in Kochel am See ein Körperseminar. Sie sind herzlich eingeladen.«

»Oh, danke, Frau Arnold erwähnte es bereits. Denken Sie nicht, das ist etwas früh, wenn ich erst heute die ersten Stunden gebe?«

»Nein, dieses Seminar ist ja nicht nur für Schauspielschüler, sondern auch für Externe. Jeder kann teilnehmen. Unten hängt eine Liste, da können Sie sich gerne eintragen. Die Gebühr beträgt für das gesamte Wochenende regulär hundertfünfzig Euro, Schüler und Mitarbeiter, zu denen Sie jetzt ja auch zählen, bezahlen aber nur fünfzig.«

»Das würde mich auf jeden Fall interessieren. Dürfte ich einen Freund mitbringen?«

»Natürlich. Aber der zahlt dann den regulären Preis.«

Hans Josef verabschiedete sich und ging hinunter in den sprechzimmerähnlichen Raum, in dem er gestern mit Steffi Arnold gesprochen hatte und der unter anderem auch als Lehrerzimmer diente. Frau Arnold begrüßte Hans Josef gewohnt herzlich und stellte ihn einigen anderen Pädagogen vor. Da gab es einen Fechtlehrer, eine Gesangslehrerin, einen Dramaturgen, zwei ehemalige Staatsschauspieler, die ihr jahrelang erlerntes Wissen nun an die jungen Leute weitergaben, und einen Choreografen. Interessiert musterte Hans Josef sein bunt zusammengewürfeltes neues Kollegium.

Nun erklärte Frau Arnold ihm, wie die Schule funktionierte und das Studium aufgebaut war: »Es gibt drei Jahrgänge, die unabhängig voneinander das Handwerk der Schauspielerei erlernen.«

»Unabhängig voneinander? Was heißt das?«

»Ja, also, jeder Jahrgang wählt einen anderen Schwerpunkt, die einen arbeiten mehr in der Theaterrichtung, andere sind eher filmorientiert oder möchten im Bereich Pantomime oder Straßentheater aktiv werden. Manche entwickeln sich auch ins Komödiantische oder in Richtung Horror und Splatter, hier ist alles erlaubt. Frau Mokri möchte, dass sich die Schüler so entfalten, wie es ihrer individuellen Persönlichkeit entspricht.«

»Das ist aber ein tolles Konzept.«

»Ja, finden wir auch. Sie halten Ihre erste Stunde heute übrigens in der letzten Jahrgangsstufe, die sich bereits auf die Abschlussarbeit vorbereitet.«

Hans Josef überlegte kurz. Wenn er sich nicht irrte, waren Melanie und Peit noch nicht im letzten Jahrgang. Das war ihm ganz recht, weil er erst mal ein Gespür für das Ganze bekommen und nicht gleich in seiner Funktion als Ermittler tätig sein wollte. Erst mal kam es jetzt drauf an, die Rolle des Lehrers zu spielen. Und zwar so, dass keiner bemerkte, was er wirklich vorhatte.

»Prima. Gibt es irgendwas, das ich beachten sollte?«

»Ja, der Rüdiger ist ein bisschen schwierig in Sachen Sprechtherapie. Er hat als Jugendlicher eine Gesangsausbildung gemacht und glaubt manchmal, dass er es besser weiß als der Lehrer.«

»Gut zu wissen.«

»Viel Erfolg!«

»Danke!«

Mit einem Kloß im Hals ging Hans Josef auf die Tür des Klassenzimmers zu. Er spürte, wie sein Adrenalinspiegel kontinuierlich stieg. Eine seltsame Mischung aus Abenteuerlust, Fluchtinstinkt und Tollkühnheit hatte ihn gepackt. Er war doch völlig verrückt, plötzlich eine Gruppe von angehenden Schauspielern zu unterrichten! Er hörte Stimmen aus dem Klassenzimmer und erinnerte sich an eine ähnliche Situation in seiner eigenen Schulzeit, in der er sich auf ein Klassenzimmer zubewegt hatte, ohne zu wissen, was oder wer ihn dahinter erwartete. Eine sonderbare Vorfreude machte sich plötzlich in seinem Brustkorb breit. Er öffnete die Tür und trat ein.

Der Raum war, ähnlich wie das Ballettzimmer, das er gestern besichtigt hatte, hell und schnörkellos. Die Wände waren weiß gestrichen, über der Tür hing eine große Uhr.

Fischgrätparkett, große Fenster, weiße Vorhänge, ein paar Stühle, eine Stereoanlage, ein paar Gymnastikmatten. Und etwa ein Dutzend Augenpaare, die ihn interessiert ansahen.

»Guten Morgen«, zwitscherte er gut gelaunt.

»Guten Morgen«, entgegneten die Schüler beinahe im Chor.

Hans Josef Strauß war versucht, »Seid ihr alle da?« zu fragen, wie im Kasperltheater, aber er konnte sich gerade noch zurückhalten. Zum Glück hatte sich sein Aus-Versehen-laut-Denken noch nicht vollkommen verselbstständigt.

»Vermutlich hat man es euch schon erzählt, ich heiße Hans Josef und bin aushilfsweise der neue Sprechlehrer. Ich kann mir jetzt auf die Schnelle sowieso nicht alle Namen merken, deshalb schlage ich vor, wir machen erst mal eine kleine Entspannungsübung für das Zwerchfell, und ich lerne euch dann peu à peu kennen. Ich hoffe, es ist okay, wenn wir uns duzen?«

Einstimmiges Beipflichten.

»Wunderbar! Beginnen wir mit autogenem Training. Allen ein Begriff?«

Einstimmiges Beipflichten.

»Dann bitte einfach mal jeder eine Matte nehmen und sich auf den Rücken legen.«

Alle taten, wie ihnen geheißen. Das klappte ja wie am Schnürchen! Hans Josef war bis zu diesem Augenblick nicht bewusst gewesen, welche Macht man als Lehrer hatte. Er überlegte, was wäre, wenn er die Schüler auffordern würde, Tiergeräusche zu machen. Vermutlich würden sie es anstandslos umsetzen. »Kikerikiii, muuuuh, määäh, putt putt putt, oink, wuff wuff, miau!« Er spürte, dass er gleich in Lachen ausbrechen würde, wenn er jetzt noch weiter darüber nachdächte. Wie würde denn das wirken, wenn der neue Sprecherzieher zum Hinlegen auf Matten auffordert und sich dann erst mal kaputtlacht. Er musste sich bemühen, ernst zu bleiben. Er dachte an die Informationen, die er gestern im Zuge seiner Internetrecherchen auswendig gelernt hatte.

»Die Grundstufe des autogenen Trainings ist in sechs Übungen eingeteilt, die wir in der nächsten halben Stunde anwenden werden. Ziel ist es, den Körper in einen Zustand der inneren Ruhe zu bringen. Die sechs Übungen heißen wie folgt:

1. Erleben der Schwere
2. Erleben der Wärme
3. Herzregulierung
4. Atmungsregulierung
5. Bauchwärme
6. Stirnkühlung

Wir fangen an mit dem Erleben der Schwere. Wir schließen die Augen und spüren: Da ist ein Holzboden, da ist jemand rechts neben uns, da ist jemand links neben uns, wir atmen ruhig und fühlen, wie wir immer schwerer werden.«

Hans Josef war erstaunt, wie gut er das konnte. Er hatte zwar schon Nachhilfe in Sprech- und Atemtechniken gegeben, aber das hier war schon eine ganz andere Nummer. Und sie funktionierte. Er beobachtete, wie sich die Gesichter der Schauspielschüler allmählich entspannten. Der latent esoterische Ansatz der Schule zeigte offenbar Wirkung, denn diese Art von Übung schienen die angehenden Absolventen gewohnt zu sein. Hans Josef mochte sich gar nicht ausmalen, was genau bei diesen ominösen Tantra-Workshops passierte. Aber der Entschluss, mitzufahren, stand fest. Ebenso der, seinen Freund Quirin dazu zu überreden, ihn zu begleiten. Obwohl Quirin ja, wie Hans Josef, selbst kein Kind von Traurigkeit war und neben kulinarischen Genüssen viel Freude an Zusammenkünften mit weiblichen Wesen hatte, war er gegenüber Neuem immer erst einmal skeptisch. Das war vermutlich so eine urbayerische Eigenart: Man »fremdelte« lieber, bevor man sich auf etwas Unbekanntes einließ. Was der Bauer ned kennt, frisst er ned. Oder, wie es Hans Josef gesagt hätte: »Was der Bauer neda kenna duad, frissada neda.« Doch der Westfale konzentrierte sich nun vollkommen auf das Erleben der Wärme.

»Nun reiben wir unsere Handflächen gegeneinander, sodass sie sich erhitzen. Dann legen wir sie behutsam auf den Bauch und nehmen die angenehme Wärme wahr.«

Die braven Schüler machten wie erwartet mit. Hans Josef konnte nicht anders, als sich ein weiteres Gedankenexperiment zu überlegen. Wie wäre es, wenn er sagen würde: »Nun verwurschteln wir uns alle in ein riesiges menschliches Knäuel«? Bei dieser Vorstellung musste er tatsächlich lachen, konnte aber in letzter Sekunde so tun, als habe er husten müssen. Ein paar Minuten später ging er zur dritten Übung über. Leider hatte Hans Josef im Internet zwar herausgefunden, dass sie »Herzregulierung« hieß, aber nirgends, was genau damit gemeint war. Er ließ einfach seine Fantasie spielen.

»Wir versuchen jetzt, unseren Herzschlag und unseren Atem in Einklang zu bringen.«

Niemand maulte. Also war es wohl prinzipiell nicht falsch.

»Die Hände lassen nach wie vor Wärme in den Bauch fließen. Wir spüren nun auch unsere Stirn und konzentrieren uns auf den Punkt zwischen unseren Augen.«

Diesen Punkt hatte Hans Josef durch Silvia, eine seiner Exfreundinnen kennengelernt, die ihm abends immer mit einer Stimmgabel den Ton des Planeten Venus vorspielte. Sie behauptete, dies diene der Entspannung und der Intensivierung sinnlicher Empfindungen. Sie hatte diese Stimmgabel aus massivem Metall gegen ihren Handballen geschlagen und ihm den zugegebenermaßen ziemlich wohlklingenden Ton präsentiert, indem sie die Gabel direkt an sein Ohr gehalten hatte. Dann schlug sie sie noch einmal an und hielt sie ihm ans andere Ohr. Schließlich, beim dritten Anschlag, richtete sie die Gabel auf ebenjenen Punkt zwischen den Augen. Das hatte einen sehr interessanten Effekt, fand Hans Josef, man kam wirklich schnell zur Ruhe und befand sich im Einklang mit dem eigenen Körper. Hans Josef überlegte fieberhaft, was seine Exfreundin Silvia ihm seinerzeit zugeflüstert hatte. Er schlich nun zwischen den Liegenden umher.

»Wir stellen uns vor, dass wir ein Grashalm sind, der sich im Frühlingswind leicht nach links und rechts biegt.«

Die Schülerinnen und Schüler, schätzungsweise alle Anfang 20, wiegten sich tatsächlich nach links und rechts.

»Erfrischender Morgentau tropft sanft auf unsere Stirn und verschafft uns angenehme Kühlung.« Hans Josef fiel es schwer, nicht erneut in Lachen auszubrechen.

Die Schülerinnen und Schüler begannen allesamt zu lächeln und genießerisch die Nasen nach oben zu recken, als würden sie die Wassertropfen empfangen. Hans Josef gestand sich ein, dass das ein unerwartet schöner Moment war – trotz der Situationskomik.

»Nun atmen wir ruhig weiter, öffnen allmählich die Augen und kommen in die Schneidersitzposition.«

Die Schüler gehorchten anstandslos.

»Wir breiten die Arme aus und strecken uns, während wir ausgiebig gähnen.«

Diese Übung kannte Hans Josef aus dem Fernsehen. Manchmal schaute er sich vormittags Aerobic-Sendungen an und turnte mit. Aber wirklich nur manchmal. Und nur, wenn keiner zuschaute. Die Schüler dehnten und streckten sich, während sie geräuschvoll und genießerisch gähnten. Hans Josef spähte auf die Uhr über der Tür: Es war bereits kurz vor zehn. Die erste Stunde hatte er also bereits hinter sich gebracht. In der zweiten Stunde ließ er die Schüler seine Lieblings-Feldenkrais-Übung durchführen. Er hatte diese Praxis immer vor seinen Einsätzen als Sprecher angewandt, weil sie dabei half, deutlich zu sprechen und den Mundraum ideal zu nutzen.

»Wo liegt unsere Zunge im Mund, wenn wir gerade nicht sprechen, essen, gähnen, schlucken oder uns die Zähne putzen?«, fragte er in die Runde. Erwartungsvolles Schweigen. Also beantwortete er seine Frage selbst: »Die meisten Menschen setzen ihre Kiefermuskulatur falsch ein. Die Zunge ist ein wichtiger Muskel, der sowohl den Kiefer, den gesamten Mundraum, den Nacken als auch die Kopfhaltung beeinflusst. Wir fahren nun mit unserer Zunge in den Zwischenraum zwischen Zähnen und Lippe im rechten oberen Teil des Kiefers hin und her. Langsam und behutsam.«

Die Schüler sahen bei dieser Mundakrobatik ziemlich lustig aus.

»Nun im linken oberen Teil. Nun im linken unteren Teil. Nun im rechten unteren Teil. Spürt ihr, wie sich der Mundraum zu vergrößern scheint?« Allgemeine Zustimmung. Hans Josef merkte, dass die Schüler Vertrauen zu ihm gefasst hatten und seine Übungen mochten. Bestimmt würden sie das Frau Mokri wohlwollend berichten.

Im Lehrerzimmer kam sofort Steffi Arnold auf ihn zu.

»Und? Wie war die erste Stunde?«

»Die waren alle brav. Haben toll mitgemacht, und ich glaube, es hat ihnen gefallen.«

»Gratuliere!«

»Und dieser Rüdiger hat nicht einmal dazwischengeredet.«

»Kein Wunder. Ich hab vorhin gesehen, dass er sich krankgemeldet hat.«

»Ach so. Hab ich denn heute noch Unterricht?«

»Nein, ich hab Ihren Stundenplan aktualisiert und bereits kopiert. Hier.« Sie überreichte ihm ein DIN-A4-Blatt, das eine ordentlich befüllte Excel-Tabelle zeigte.

»Danke schön!«

Er las, wann er eingeteilt war. Morgen, am Freitag, hatte er die mittlere Jahrgangsstufe von 11 bis 12:30 Uhr, Montag kam wieder die Abschlussklasse dran und dienstags der erste Jahrgang. Mittwochs hatte er frei und donnerstags wieder die Abschlussklasse, die offensichtlich zwei Mal pro Woche Sprechunterricht erhielt. Morgen würde er also Melanie kennenlernen. Er war sehr gespannt, auch weil er keinen wirklichen Plan hatte, wie er sie zu ihrer verstorbenen Tante befragen sollte.

Er trat in den Flur und studierte das schwarze Brett, das

von Zetteln übersät war. WG-Gesuche, Verkauf von Kleidung, DVDs, Hanteln, Handys und vieles mehr. Außerdem die Anmeldeliste für den Kurs »Präsenz und Achtsamkeit durch tantrische Körperarbeit« im Hotel »Seeblick« in Kochel am See.

Es hatten sich schon einige Teilnehmer angemeldet, neben einigen Namen prangte ein Schulstempel mit dem Vermerk »Bezahlt«. Hans Josef fuhr mit dem Finger die Liste entlang. Da! Peter Fuchs. Schon mal gut. Und weiter unten: Melanie Stübner. Bingo! Hans Josef schrieb seinen Namen und den von Quirin Hausner dazu.

14. Kapitel

Später saßen sich Quirin und Hans Josef im gemeinsamen Büro gegenüber.

»Was – hast – du?«, fragte Quirin ungläubig.

»Uns beide angemeldet. Das wird sicher lustig!«

»Ein Tantra-Seminar? Geht's noch? Ich hab dir doch gesagt, dass ich keinesfalls bei so einem Unfug mitmachen werde!«

»Mann, Quirin, nun reg dich nicht so auf. Wir machen das doch im Rahmen unserer Ermittlungstätigkeit. Das ist quasi unser Job.«

»Wir können die Nichte von der Zebra auch ohne so ein blödes Seminar befragen.«

»Das ist eine absolut geniale Gelegenheit. Und vielleicht ist die ganze Sache ja obendrein bewusstseinserweiternd.«

»Kaum einen Tag in der alternativen Schauspielschule, schon redest du selber wie ein Esoteriker.«

»Schmoarn.«

»Ha?«

»Schmorn.«

»Was?«

»Schmarrn.«

»Ah.«

Quirin schnaubte durch die Nase und verließ leicht genervt den Raum.

Abends am Schreibtisch schaltete Hans Josef Strauß den Computer an und ging noch einmal akribisch die Fotos des Tatorts durch: die verrußten Zimmer der Künstlerwohnung, das Bett, in dem die Tote gefunden worden war, ihre Tasche, die abfotografierten Texte, die beiden Schlüssel, der Wasserkocher, die Wände, die Fenster, die Küche, der Fußboden und: der Papierkorb, während Quirin die Blumen auf dem Fensterbrett goss.

»Oha«, zirpte Hans Josef.

»Was issn?«, fragte Quirin.

»Da ist der Kaffeebecher.«

»Was für a Kaffeebecher?«

»Der, von dem Zebras Mutter geredet hat.«

»Was?«

»Ach so, genau. Das hab ich dir noch gar nicht erzählt. Die Mutter hat gesagt, ihre Tochter hat wohl ein Selfie gemacht mit diesem Kaffeebecher. Die Mutter stammt aus Dresden, und da gibt's anscheinend ein Café, wo sie immer zusammen hingegangen sind. Zebra hat sich am Tag, an dem sie gestorben ist, mit dem Becher fotografiert und ihrer Mutter das Bild geschickt, damit die sich freut.«

»Aha. Und das ist jetzt eine Spur, oder was?«

»Tja«, sinnierte Hans Josef Strauß und starrte weiterhin das Foto an. »Es ist zumindest ein weiteres Indiz dafür, dass es kein Unfall war.«

»Wie des?«

»Na ja, wenn die Zebra gerade einen Chai Latte getrunken hat …«

»Einen was?«

»Einen Chai Latte, weißt schon, so ein indischer Gewürztee mit Milch.«

»Ach so, ja, kenn ich. Aber wie kommst du darauf, dass sie so einen getrunken hat und keinen Kaffee? Steht das auf dem Becher drauf, oder wie?«

»Die Mutter hat es mir erzählt.«

»Aha.«

»Also. Die Zebra trinkt einen Chai Latte und nimmt kurz darauf ein Schlafmittel. Wozu sollte sie sich dann noch einen Tee machen, wenn sie doch weiß, dass sie sowieso gleich einschlafen wird?«

»Das ist richtig.«

»Eben.«

Im Anschluss an dieses erkenntnisreiche Gespräch vertiefte sich Hans Josef noch einmal in Zebras Gedichte, während Quirin, der seinen Ärger über die unfreiwillige Anmeldung zum Tantra-Seminar inzwischen vergessen hatte, ins benachbarte Wohnzimmer umzog und sich das Münchner Stadtmagazin *in münchen* schnappte, um nach weiteren Poetry-Slam-Veranstaltungen zu fahnden. Beide spürten, dass sie in ihren Ermittlungen auf einem guten Weg waren.

Hans Josef stellte fest, dass die Gedichte sämtlich handgeschrieben waren. Am beeindruckendsten fand er jenes Gedicht, das Zebra ganz offensichtlich für ihre Nichte Melanie verfasst hatte:

Grundlos

Du wolltest mich haben und ich hab geschwiegen
Hast gehofft und geweint und bist dennoch geblieben
Du wolltest mich lieben und ich hab geschwiegen
Doch ich bin gegangen und ließ dich dort liegen

Ja ich bin gegangen und hab nichts gespürt
Ja all dein Verlangen hat mich nicht berührt

Dein Herz ist zersprungen und ich war wie ein Stein

Ich sah nur mich selbst und ließ dich ganz allein
Dein Herz ist zersprungen und ich habs nicht gesehn
Dein Ruf war so laut doch ich konnt nichts verstehn

Du hättest mir alles und alles gegeben
Ich war deine Sehnsucht, dein Wollen, dein Leben
Ich ließ dich dort liegen und bin fortgegangen
Ließ dich einfach fallen ohne dich aufzufangen
Ließ dich einfach fallen und weiß nicht warum
Ließ dich hinter mir und drehte mich nicht mal um
Ließ alles im Unklaren, grau und verschwommen
Hab dir Vertrauen und Hoffnung genommen
Hab dich erst verführt und dann fast betrogen
Dir den sicheren Boden unterm Fuß weggezogen
Ich weiß, deine Seele und dein Herz sind jetzt wund
Und ich bin dran schuld, doch ich weiß nicht den Grund.

Beschämt bemerkte Hans Josef, dass er feuchte Augen bekommen hatte, was sonst nur bei sehr emotionalen Filmszenen der Fall war, wenn beispielsweise bei einem Happy End alles zusammenkam: Freundschaft, Euphorie, Befreiung, Liebe, Menschlichkeit, Zusammenhalt. Er versuchte, sich zu erinnern, bei welchem Film er da zum letzten Mal Tränen in den Augen gehabt hatte, es fiel ihm aber nicht ein. Doch dieses Gedicht war so schön, so tragisch und so bedrückend zugleich, dass man es kaum aushielt. Gerade dann, wenn man die Umstände kannte, unter denen es entstanden war. Er musste unbedingt herausbekommen, ob Melanie diese Zeilen jemals gehört oder gelesen hatte. Wenn dies der Fall wäre, hätte sie ein hieb- und stichfestes Alibi, denn dann wäre ihr Motiv – verschmähte Liebe – hinfällig. Zebras Worte waren ja ganz eindeutig ein Angebot, alles wieder ins rechte Lot zu rücken, sie waren Selbstanklage, Entschuldigung und Abbitte in einem.

»Quirin!«, rief Hans Josef. »Bitte komm mal rüber, lies das hier mal.«

Quirin schlurfte vom Wohnzimmer ins Büro und kam der Aufforderung nach.

»Starker Tobak«, bemerkte er einige Minuten später und nickte nachdenklich. »Meinst, des hats wegen ihrer Nichte geschrieben?«

»Da bin ich mir sehr sicher. Für wen sonst?«

»Ich glaub, der Atlas hat eh erzählt, dass sie diesen Text oft bei Poetry Slams vorgetragen und öfters sogar damit gewonnen hat. Du, da ist am Samstag ein Slam im Vereinsheim Schwabing, geh mer da hin?«

»Leider nicht, mein lieber Freund, da haben wir nämlich keine Zeit, weil wir da Tantra machen.« Kaum fiel das Wort ›Tantra‹, lief Quirins Gesicht rot an.

»Jetz hör halt mit dem Schmarrn auf, Hans Josef!«

»Das ist *die* Chance. Glaub mirs.«

»Du willst doch nur Schauspielschülerinnen vernaschen.«

»So ein Quatsch, ich sehe das rein beruflich.«

»Des glaubst ja wohl selber ned.«

»Oh doch!«

Hans Josef versuchte, so professionell und überzeugend

wie möglich dreinzuschauen. Es gelang ihm allerdings eher schlecht als recht.

»Ich mach da trotzdem nicht mit, das kannst du ein für alle Mal vergessen. Lieber geh ich zu dem Slam. Du schaffst das schon alleine«, knurrte Quirin. »Da kann ich dann gleich wieder eine Taxifahrt machen, damit diese Sache auch endlich mal weitergeht.«

»Toll.«

Hans Josef fand, dass alles in diesem kleinen Wort »toll« lag: kindliche Enttäuschung, übermütiger Trotz, scherzhafte Überhöhung. Quirin allerdings überhörte es einfach.

15. Kapitel

»Fuchs?«

»Ja, hallo, Peit, hier spricht Hans Josef.«

»Grüß dich! Hab schon gehört, die Abschlussklasse war völlig geplättet von deinem Unterricht.«

»Echt?«

»Absolut! Du musst das wirklich großartig gemacht haben, zwei Schülerinnen haben gesagt, sie hätten dank deiner Erklärung das erste Mal autogenes Training und Feldenkrais wirklich kapiert.«

»Das ist aber ein schönes Kompliment.«

»Find ich auch. Ich freu mich schon auf morgen, bin total gespannt.«

»Ja, ich auch. Ich wollt dich nur bitten, dass du es nicht an die große Glocke hängst, dass wir uns kennen.«

»Hm, ja, leider zu spät. Ich hab schon allen erzählt, dass wir uns beim Slam kennengelernt haben und dass ich dich akquirieren konnte.«

»Akquirieren?«

»Na ja, ohne mich wär das ja wohl nicht so schnell gegangen. Und alle sind extrem dankbar dafür. Ach ja, dürfte ich dich um einen Gefallen bitten?«

»Kommt drauf an.« Hans Josef war seit jeher misstrauisch, wenn er um Gefallen gebeten wurde. Bevor er zusagte, wollte er stets wissen, um was es sich handelte.

»Die Schüler meines Jahrgangs und auch ich würden uns wünschen, dass du morgen mit uns genau das Gleiche machst wie heute mit der Abschlussklasse.«

Hans Josef atmete auf. Das war ja nun wirklich ein Gefallen der harmlosen Sorte. »Klar, wenns weiter nichts ist.«

»Damit würdest du einige liebe Schauspielschüler sehr glücklich machen.«

»Einverstanden. Dann bis morgen!«

Interessant. Wie Quirin von seinem Gespräch mit Atlas berichtet hatte, war es in diesen Kreisen offensichtlich so, dass man bei Slam-Veranstaltungen denselben Text mehrmals vortragen konnte und dass in Schauspielschulen in jedem Jahrgang dieselben Inhalte unterrichtet wurden, dachte Hans Josef nach dem Telefonat mit Peit. Er überlegte, ob es wohl eher gut oder eher schlecht war, dass die anderen Schauspielschüler wussten, dass er über die Slam-Szene an die Mokri gekommen war. Er entschied sich für eher gut. Lieber positiv denken, als sich sorgen.

Tags darauf stand er also vor den Schülern und Schülerinnen der mittleren Jahrgangsstufe. Wie in der anderen Klasse zählte er um die 15 Leute. Er merkte sofort, dass die Stimmung wesentlich unruhiger war als in der Abschlussstufe, aber nichtsdestotrotz wirkten die Schüler äußerst interessiert und erpicht auf seinen Unterricht. Peit war gleich zu Beginn auf ihn zugekommen und hatte ihn freundlich begrüßt, nicht ohne sicherzustellen, dass seine Mitschüler registrierten, dass er eine besondere Beziehung zu Hans Josef hatte.

Wie vereinbart, begann Hans Josef die Doppelstunde

genauso wie am Tag zuvor: Er bat die Schüler, ihre Matten im Raum zu verteilen und sich hinzulegen. Melanie hatte sich relativ weit hinten platziert, was Hans Josef nicht störte, da er ohnehin wieder vorhatte, während der Stunde zwischen den Matten und Menschen umherzuspazieren.

»Ist es in Ordnung, wenn wir uns alle untereinander duzen?«

»Ja, ist in Ordnung«, gluckste ein Spaßvogel mit großen Hasenzähnen in der ersten Reihe, wobei sich seine Stimme überschlug. Offenbar ein Spätpubertierender, dessen Hobby es war, den Unterricht zu stören. Oder einfach der Klassenclown. Hans Josef beschloss, ihn im Auge zu behalten.

»Um das Zwerchfell zu entspannen, fangen wir mit autogenem Training an. Wir machen die Augen zu und nehmen unsere Umgebung wahr. Da ist jemand rechts von uns, und auch links von uns liegt jemand …«

Bla bla bla, dachte Hans Josef, genau der gleiche Kram wie gestern. Aber gleichzeitig gefiel ihm die Routine. Als die Schüler wieder brav seinen Anweisungen folgten und selbst der Scherzkeks mit den Hasenzähnen nicht störte, begann Hans Josef erneut mit den Gedankenspielchen. Er stellte sich vor, dass er seinen Schülern verkündete: »Nun spielen wir Goldsucher, ihr krabbelt auf allen vieren auf dem Boden herum und buddelt nach Schätzen.« Auch eine lustige Vorstellung. Er zweifelte keine Sekunde daran, dass sämtliche Schüler tun würden, wie ihnen geheißen. Doch am Tag zuvor war sein Drang zu lachen stärker gewesen. Vielleicht waren Zebras Gedicht, das ihm nach wie vor durch den Kopf ging, und die Nähe zu Melanie schuld. Es machte ihn nervös, in einem Raum mit der möglichen

Hauptverdächtigen zu sein. Bisher war Melanie die Einzige, die ein echtes Motiv haben könnte. Noch dazu beunruhigte Hans Josef die Tatsache, dass er über Melanie schon so viel zu wissen schien, obwohl sie sich überhaupt nicht kannten. Im Gespräch mit ihr würde er höllisch aufpassen müssen, seinen Verdacht nicht durchblicken zu lassen. Hans Josef versuchte, seine Konzentration wieder auf den Unterricht zu lenken. »Wir reiben unsere Handflächen gegeneinander, bis sie warm werden. Anschließend legen wir behutsam die Handflächen auf den Bauch und nehmen die angenehme Wärme wahr.«

Die Schüler folgten seinen Anweisungen, und Hans Josef wollte gerade seinen Spaziergang durch den Mattenwald antreten, als Melanie plötzlich aufsprang und ohne ein Wort hinauslief. Schlagartig veränderte sich die Atmosphäre im Raum.

»Oh, was ist denn los mit ihr?«, fragte Hans Josef verwundert in die Runde.

»Nimm es ihr nicht übel, sie ist im Augenblick nicht sehr belastbar«, erläuterte eine Blondine, deren Nasenpiercing an einen Ochsenring erinnerte.

»Eine nahe Verwandte von ihr ist vor ein paar Tagen gestorben«, ergänzte eine Schwarzhaarige in weißem Jogginganzug.

»Das tut mir natürlich leid«, sagte Hans Josef in mitfühlendem Ton und blickte zu Peit hinüber, der ihm wissend zuzwinkerte. Hans Josef verstand das Zeichen: Offenbar hatte Peit niemandem verraten, dass Hans Josef und er über Zebra und Melanie gesprochen hatten. Zwei Mitschülerinnen waren Melanie hinterhergelaufen und brachten sie bereits einige Minuten später zurück in den Klassenraum. Melanies Augen waren vom Weinen rot und geschwollen.

Nach dem Unterricht, der an diesem Tag durch den Zwischenfall weitaus weniger intensiv ausgefallen war, baten ein Schüler und eine Schülerin Hans Josef um ein Gespräch. Erfreut registrierte der Westfale, dass die beiden offenbar über Melanie sprechen wollten.

»Sie hat das in letzter Zeit öfter«, erklärte die junge Frau.

»Ja, das ist verständlich. Sicher trauert sie sehr.«

»Das meinen wir aber nicht. Die hat das schon länger, dass sie plötzlich die Nerven verliert.«

»Echt? Seit wann denn? Und was genau heißt ›die Nerven verlieren‹?«

»Seit ein paar Monaten, würde ich sagen«, antwortete der junge Mann. »Wir haben ja manchmal auch am Wochenende Kurse, zum Beispiel letzten Samstag, da waren wir in Augsburg bei einem Seminar. Irgendwann nachmittags ist sie rausgerannt, und erst spät in der Nacht ist sie wieder zurückgekommen. Das ist schon blöd, weil das jedes Mal den Unterricht und die Atmosphäre stört.«

Hans Josef wurde flau im Magen. Vergangener Samstag. Das war der Tag, an dem Zebra gestorben war.

»Und wann in etwa ist sie da rausgelaufen, also, um welche Uhrzeit, meine ich?«

»Äh, wieso fragst du das?«

»Nur so.«

»Weiß nicht, vielleicht um drei Uhr nachmittags, oder so.«

Hans Josef wurde klar, dass er nicht einfach unbehelligt Fragen stellen konnte, ohne verdächtig zu wirken. Er versuchte, schnell wieder zurückzurudern und etwas Naheliegenderes zu fragen. »Muss man sich da Sorgen machen? Glaubt ihr, sie ist suizidgefährdet?«

»Schwer zu sagen«, erwiderte das Mädchen nachdenklich. »Sie hat seit Kurzem einen Minicooper, mit dem sie manchmal einfach so abdüst, ohne irgendjemandem Bescheid zu geben, was sie vorhat oder wo sie hinfährt. Da haben wir uns schon manchmal gedacht: Hoffentlich geht das gut.«

»Ist sie in Augsburg auch mit dem Auto weggefahren?«

»Ich glaub schon«, sagte der Junge. »Aber suizidgefährdet ist sie nicht, denk ich. Wir wollten dir einfach Bescheid sagen, dass wir uns alle Sorgen machen um Melanie. Vielleicht kannst du sie ja auch ein bisschen im Blick behalten.«

»Ja, danke, das ist nett von euch«, antwortete Hans Josef und sah den beiden hinterher, als sie den Raum verließen. Und ob ich sie im Blick behalten werde, dachte er, immerhin war es nun sehr wahrscheinlich, dass die Hauptverdächtige noch nicht mal ein Alibi hatte!

»Wie schön, dass Sie mitfahren zum Tantra-Seminar«, frohlockte Steffi Arnold, als Hans Josef gerade den Heimweg antreten wollte. »Sie hatten ja einen spitzenmäßigen Einstand, und ich glaube, dass Sie gerade bei solch einem Wochenende Ihre persönlichen Beziehungen zu Schülern und Kollegen ganz toll intensivieren können.«

»Ich freue mich schon darauf«, offenbarte Hans Josef, obwohl ihm ihre Direktheit schon etwas unheimlich war. Flirtete Steffi Arnold etwa mit ihm?

Als er heimkam, war Quirin nicht da. Hans Josef legte sich kurz auf die Couch und war wohl gerade eingeschlafen, als er von etwas Feuchtem, Warmem geweckt wurde, das über sein Gesicht fuhr. Er schrak hoch. Vor ihm hechelte freundlich Varoufakis, der Hund seines Nachbarn.

»Den nehm ich übers Wochenende in Pension«, enthüllte Quirin, der offenbar lautlos das Wohnzimmer betreten hatte. »Der Yiannis ist von seinem Cousin abgeholt worden, sie besuchen Verwandte in Ulm.«

»Schmarrn, wir fahren doch aufs Seminar«, manifestierte Hans Josef.

»Ich hab dir doch gesagt: Vergiss es! Da kannst allein hinfahren. I bleib da. Außerdem muss ich im Taxifall ein bisserl recherchieren.«

»Feigling«, zischte Hans Josef Strauß wütend, wobei er merkte, dass ihm vor Müdigkeit schon wieder die Augen zufielen. »Wart kurz, du, ich hab was Entscheidendes rausgefunden: Die Melanie ist am Tag, als Zebra starb, nachmittags von einem Seminar in Augsburg mit dem Auto abgehauen und erst spät nachts zurückgekommen. Da hätte sie ohne Weiteres die Tat begehen können.«

»Theoretisch schon«, murmelte Quirin und legte die Stirn in Falten. »Aber woher sollte sie das mit dem Wasserkocher gewusst haben? Und wie hat sie das mit der abgesperrten Tür angestellt?«

»Ja, das stimmt«, seufzte der Westfale. »Eine verdammt harte Nuss. Am Ende wars doch ein Unfall.«

»Glaub ich nicht.«

»Ich auch nicht.«

In diesem Augenblick ertönte die Titelmelodie der Serie »Königlich Bayerisches Amtsgericht«. Quirin pfiff kurz mit und zog dann sein Smartphone aus der Tasche. Auf dem Display stand »Grandmaster Flash«.

»Ja, Grandmaster?«

»Servus! Wollt nur fragen, was es Neues gibt.«

»Grad ned vui, mir sammeln Indizien.«

»Guad. Gibst mir Bescheid, war schee!«

»Logisch.«

Klick.

Zwischen zwei Bayern funktionieren Gespräche häufig erfreulich pragmatisch.

16. Kapitel

Das Hotel »Seeblick« lag relativ abgelegen. Eigentlich war es mehr eine Art Jugendherberge als ein Hotel. Im ganzen Haus roch es nach Essen, und Elisabeth Mokri empfing, wie verabredet, um neun Uhr die Teilnehmer des Seminars vor der Tür. Es waren etwa 25 Leute anwesend, darunter bestimmt 15 Schüler. Hans Josef erkannte Peit und Steffi Arnold, aber Melanie konnte er nicht entdecken. Hoffentlich hatte sie sich nicht wieder abgemeldet.

»Willkommen zu unserer zweitägigen Auszeit«, sagte Elisabeth Mokri in feierlichem Tonfall. »Wir wollen versuchen, von Anfang an im Hier und Jetzt zu sein. Dazu gehört sowohl unsere meditative Haltung als auch die Kultivierung unserer Präsenz sowie die Grundpfeiler unserer Persönlichkeit in die Massagen, die Begegnungen und die gemeinsame Zeit hineinzubringen, um wirklich mit einem tollen, befreiten Gefühl wieder nach Hause zu fahren. Bitte, ganz wichtig, vor allem für die Neuen: Es herrscht absolutes Handyverbot. Ihr könnt eure Geräte im Zimmer anmachen, aber bei den Seminaren und Abendbegegnungen bitte nicht. Wir treffen uns um zehn Uhr im großen Seminarraum für das Begrüßungsritual. Für die Lehrer gibt es wie immer Einzelzimmer, alle anderen müssen sich Doppelzimmer teilen. Kommt bitte zu mir, ich verteile die Schlüssel.«

Während sich eine Schlange bildete, ertönte das Zuschlagen einer Autotür. Hans Josef drehte sich um. Es war Melanie. Sie hatte sich bloß verspätet. Ein Glück.

Das Zimmer war einfach, aber hübsch, mit Nachtkästchen und kleinem Lämpchen, dessen Schirm mit altmodischem Blumenmuster verziert war. Hans Josef hatte vorsichtshalber Badesachen, Sportklamotten und Flipflops mitgenommen, denn er hatte ja wirklich überhaupt keine Idee, was ihn hier erwarten würde. Sein Smartphone hatte er folgsam ausgeschaltet und in der Schublade des Nachtkästchens verstaut. Er schaute auf die Uhr. Es war noch über eine halbe Stunde Zeit, bis dieses ominöse ›Begrüßungsritual‹ beginnen würde, vor dem Hans Josef sich ein bisschen fürchtete. Er beschloss, sich ein wenig umzusehen, und lustwandelte vor das Haus. Dort machte er eine seltsame Beobachtung: Drei erwachsene Männer in indischen Gewändern trugen einen etwa anderthalb Meter langen Holzpenis in der Gegend herum und sangen dazu fernöstliche Lieder. Hinter ihnen lief eine sehr dicke Frau mit einer Trommel und gab den Takt an. Jetzt verstand Hans Josef, warum das Hotel »Seeblick« wohl so versteckt lag. Offenbar war hier, in der Nähe des bürgerlich und konservativ wirkenden Ortes Kochel, eine kleine Oase für spirituelle Tantra-Sommerfrischler errichtet worden. Vermutlich funktionierte dieses Konzept nur deshalb, weil keiner der Einheimischen mitbekam, was in dem Hotel vonstattenging. Sonst hätte die Gemeindeverwaltung den Tantristen bestimmt schon längst den Hahn zugedreht.

Hans Josef spazierte weiter über das Hotelgelände. Aus einem offenen Fenster wehten indische Musik und gesungene Mantren herüber. Hans Josef schaute hinein und sah wieder ein Bild dieser Gottheit mit den vielen Armen, ähnlich dem, das über Elisabeth Mokris Schreibtisch hing. Das Wetter war für Mitte März erstaunlich gut, und die schon warme Luft roch wunderbar nach Erde und Gras. Hans Josef war guter Dinge und bereit für alles, was ihm hier in den nächsten beiden Tagen widerfahren sollte.

Ein älterer Mann mit langem Zopf und flusigem Bart bummelte leicht hüpfend an ihm vorbei. »Entschuldigen Sie«, fragte Hans Josef. »Können Sie mir sagen, wie diese indische Gottheit da im Fenster heißt?«

»Wie?«, fragte der Mann wie durch eine Nebelwand. »Du weißt nicht, wer das ist? Willst du mich verscheißern? Ha! Ha! Ha!«

Stakkatoartig lachte der Mann Hans Josef ins Gesicht. Dabei bleckte er seine von Zigarettenrauch völlig vergilbten Zähne. »Das ist Shiva, die göttliche Form des Mannes.«

»Und wie heißt die weibliche Form?«

»Shakti. Man kann aber auch zwischen beiden Daseinsformen wechseln oder beides gleichzeitig sein, je nachdem, wie hoch das Kundalini bei einem eingefahren ist.«

»Wie bitte?«

»Ja, das Kundalini! Wenn du die höchste Stufe erreichst, schießt du durch. Dann bist du erleuchtet. Dann erlebst du die Welt wie ein Kind. Das ist das Erstrebenswerteste, das man sich vorstellen kann!«

»Das klingt ja wirklich spitze, vielen Dank!«, rief Hans Josef mit kaum verhohlenem ironischem Unterton und wandte sich ab. Der Kerl war ihm eine Spur zu übergeschnappt. Er fand die Vorstellung von Leuten, die ›durchschießen‹ und dann so werden wie Kinder, alles andere als schön. Er überlegte sich spontan einen möglichen Dialog zwischen zwei sechzigjährigen Erleuchteten:

»Kommstu aufn Spielpatz?«

»Ich darf mech nech dreckich machng.«

»Malen wir dann ein Bild?«

»Nöö, heut is doch Mantra.«

»Stümmt! Find ich aber doof.«

»Was finds du schön?«

»Apfelsaft trinken.«

Hans Josef musste kichern. Hinter dem Gebäude gab es einen kleinen Garten mit vielen wild durcheinanderwuchernden Pflanzen. Hans Josef beobachtete zwei Frauen, die auf einem Weg zwischen zwei Beeten mit ernster Miene aufeinander zuwandelten. Als sie sich trafen, blieben sie stehen und umarmten sich für etwa eine halbe Minute schweigend. Dann flanierten sie in jeweils entgegengesetzter Richtung weiter, als wäre nichts geschehen.

In der Mitte des Gartens saß an einem kleinen Teich ein etwa 35-jähriger, sonderbarer, südländisch aussehender Mann. Er trug eine lange beige Hose, Socken, braune Halbschuhe und ein T-Shirt mit dem Aufdruck »Spirit«. Als er Hans Josef sah, sprang er auf, umarmte ihn und fiepte mit hoher, dünner Stimme: »Hallo, du. Isch bin Malada, isch bin noch nischt eingetragen.«

»Äh, Moment mal. Wie bitte?«, brachte der Umarmte konsterniert hervor und riss sich los.

»Isch bin Malada, isch bin noch nischt eingetragen.«

Hans Josef entschied sich, gar nicht weiter darauf einzugehen. Er nickte seinem Gegenüber wohlwollend zu und marschierte einfach weiter. Genug gesehen, dachte er sich, und ging zurück ins Haus.

In dem weitläufigen Seminarraum, der mit seinen hohen Decken an eine Aula ohne Stühle erinnerte und mit einer großen Bühne versehen war, saßen schon einige der Teilnehmer, in indische Tücher eingewickelt, auf dem Boden, darunter auch Peit und, direkt neben ihm, Melanie. Eine gute Gelegenheit, sich dazuzusetzen, dachte Hans Josef und schlenderte scheinbar zufällig in die Richtung der beiden.

»Ach, guten Morgen, Peit!«, röhrte Hans Josef.

»Guten Morgen, Hans.«

»Hans Josef.«

»Oh, entschuldige, Hans Josef. Wie geht's?«

»Ganz gut.«

»Melanie kennst du ja schon.«

»Ja, wir haben uns gestern kurz gesehen.«

Melanie warf ihm einen scheuen Blick zu und gab ihm die Hand. »Hallo«, wisperte sie.

»Hallo. Muss man hier eigentlich normalerweise so ein indisches Tuch tragen?«

»Das heißt Sari«, wusste Peit. »Es ist einfach bequemer, und bei den meisten Ritualen zieht man es ja sowieso aus. Ich kann dir gern nachher einen leihen, ich hab mehrere dabei.«

»Ähm, okay, danke«, stotterte Hans Josef, der allmählich etwas nervös wurde. Da betrat Elisabeth Mokri die Bühne und sprach ins Mikro: »So, herzlich willkommen zu unserem Begrüßungsritual. Ganz kurz noch mal für alle: Nebenan ist die Küche, es gibt immer von sieben bis acht Uhr Frühstück und Mittagessen von eins bis zwei. Abendessen gibt's auch, aber nach Absprache, weil viele sich ja entschieden haben, abends nichts mehr zu essen. Gleich wird hier Livemusik gespielt, seid frei und tanzt einfach nach eurem

Herzen. Nehmt die anderen im Raum wahr, aber verlasst nicht eure eigene Mitte dabei.«

Kaum hatte sie ihre Ansprache beendet, betraten zwei Frauen und ein Mann mit sonderbaren Saiteninstrumenten die Bühne und begannen, rhythmische Weisen zu spielen. Sofort standen die Leute auf und tanzten ausgelassen herum. Auch Melanie tanzte sehr wild, was Hans Josef beeindruckte, da er sie eher als introvertiert eingeschätzt hatte. Peit bewegte sich äußerst elegant, während Hans Josef eher zaghaft vor sich hin wippte. Er stellte sich vor, wie Quirin wohl getanzt hätte, wenn er mitgefahren wäre, und unterdrückte nur mühsam ein Kichern.

Nun sollte sich jeder einen Partner suchen, ganz gleich, welchen Geschlechts. Hans Josef tanzte gezwungenermaßen eine Viertelstunde lang mit einem verschwitzten Mann mit kreisrundem Haarausfall.

Nach einer gefühlten Ewigkeit verstummte die Musik, und man durfte sich auf dem Zimmer kurz frisch machen, um sich dann zum gemeinsamen Mittagessen einzufinden. Bevor es losging, wurde jeder aufgefordert, ein Namensschild auszufüllen und sich anzustecken. In der Gemeinschaftsküche sollten alle mithelfen, das war Teil irgendeines Rituals. Es gab alle möglichen Sorten von Linsen, Bohnen, Gemüse, Reis, Käse und Salate. Das Essen war sehr gesund und – bis auf den Käse – vegan. Dazu gab es frisches Brunnenwasser und Tee mit Limetten, Minze oder Zitronenscheiben. Hans Josef schmeckte es ausgezeichnet.

Während er genüsslich kaute, lauschte er den Gesprächsfetzen, die über den Tisch wehten. Interessant fand er, dass manche Menschen hier einen ganz eigenen Wortschatz hatten.

»Das Ritual hat mir gefallen, ich hab in mich reingehorcht und bin, glaub ich, ganz gut angekommen.«

»Ich hab irgendwie auch meine Befangenheit abgelegt, nur durch mein Sein, ganz ohne Handeln.«

»Oh, das ist schön. Ich bin gerade dabei, meine Traumata zu negieren.«

»Spannend.«

Um 14:30 Uhr fing endlich der erste Kurs an. Peit hatte Hans Josef einen Sari geliehen, den er nun über seinen dunkelblauen Boxershorts trug. Wenn er an sich hinunterblickte, kam er sich reichlich lächerlich vor. Aber es nützte ja nichts, er musste sich nun wohl oder übel auf das ganze Theater einlassen.

Der relativ kleine Übungsraum befand sich im Keller. Es roch stark nach Kokosöl und nicht so sehr nach Essen wie in den anderen Zimmern, was Hans Josef erleichterte. Doch dieses Gefühl verflüchtigte sich schlagartig, als ihm klar wurde, wer den Kurs leiten würde: Steffi Arnold! Das durfte doch nicht wahr sein! Noch bevor Hans Josef flüchten konnte, stellte sie sich vor die auf dicken Turnmatten Sitzenden und zog ihren Sari aus. Darunter war sie splitternackt! Hans Josef schluckte. Offenbar war es nicht angebracht, die Unterhose unter dem Sari anzulassen. Steffi Arnold hatte eine tolle Figur, soviel stand fest. Um nicht die Fassung zu verlieren, wandte Hans Josef einen bewährten Trick an: Er stellte sich einfach vor, er wäre in der Sauna, wo er ja tatsächlich schon oft gewesen war und wo ihm nichts fremd oder ungewohnt vorkam.

»Willkommen zu unserem ersten Kurs«, rief Steffi Arnold fröhlich. »Zuerst sucht sich jeder einen Partner.«

Hans Josef blickte sich hektisch um, er wollte diesmal nicht wieder mit dem verschwitzten Mann zusammenkommen. Gerade wollte er eine junge Frau ansprechen, die seiner Meinung nach eine Schülerin aus dem Abschlussjahrgang war, als er von der Seite angesprochen wurde. Es war Melanie. »Wollen wir zusammen die Übung machen?«

Hans Josef war so erstaunt, dass er kein Wort rausbekam. Aber ein Nicken gelang ihm immerhin. Melanie und er begaben sich an den Rand des Raums und nahmen auf zwei Matten Platz. Völlig ohne Scham streifte Melanie ihren Sari ab. Sie war nun ebenfalls nackt. Hans Josef kam nicht umhin zu bemerken, dass sie schöne kleine Brüste und ein Bauchnabelpiercing hatte. Auch Hans Josef öffnete nun seinen Sari. Er versuchte, unbemerkt die Boxershorts mit dem Tuch hinunterzuziehen, um sich nicht die Blöße des Unwissenden zu geben.

»So«, sagte Steffi Arnold und klatschte in die Hände. »Wir machen jetzt eine Partnerübung. Ihr seht kleine Ölflaschen an der Stirnseite der Matten. Jeder ölt seinen Partner gründlich ein, und zwar überall, außer im Gesicht. Nach einer Stunde wechseln wir. Spürt einfach, was der Körper des Anderen braucht, und da streichelt ihr dann und tragt sanft das Öl auf.«

»Wie weiß ich denn, was der Körper der anderen Person gerade möchte?«, fragte der Mann mit dem Haarausfall.

»Na ja, das musst du eben intuitiv machen. Spür in den anderen Menschen hinein, dann merkst du, wo er gerade berührt werden möchte«, hauchte Steffi Arnold.

»Magst du mich zuerst einölen?«, fragte Melanie Hans Josef unbefangen.

»Okay«, antwortete dieser heiser. Melanie legte sich auf den Bauch, und er begann zaghaft, mit den Fingern Öl auf ihren Rücken aufzutragen. Nach ein paar Minuten merkte er, wie seine Anspannung nachließ und er sich immer besser auf dieses fast meditative Ritual einlassen konnte. Er versuchte, alle Zärtlichkeit aufzubringen, zu der er fähig war, um Melanie ein schönes und harmonisches Erlebnis zu bescheren. Dabei war er selbst erstaunt, dass dieses Ritual für ihn wenig Sexuelles hatte. Doch das sollte sich bald ändern. Melanie drehte sich nämlich nach der Hälfte der Zeit auf den Rücken, und er ölte nun die Vorderseite ihres Körpers ein. Sie atmete laut und lustvoll. Vielleicht war es für sie doch eine erotische Erfahrung? Bei diesem Gedanken war Hans Josef augenblicklich selbst erregt. Er hoffte, diesen unangenehmen Zustand zu überwinden, bis er an der Reihe wäre mit Eingeöltwerden. Aber als es so weit war, hatte Hans Josef den Eindruck, dass seine Gefühle verrücktspielten. Er kam sich vor, als wäre er das erste Mal über beide Ohren verliebt, ein lange nicht gekanntes Gefühl von Glück und Lebensfreude überkam ihn. Und auch Melanies Blick war verändert, sie lächelte verzückt und massierte voller Hingabe seinen öligen Körper. Jetzt störte ihn auch seine Erregung nicht mehr, Hans Josef gab sich einfach hin. Ein grandioses Erlebnis!

Als die zwei Stunden vorbei waren, schlug Melanie vor, die eben gemachte Erfahrung noch gemeinsam ausklingen zu lassen. Sie gingen in Hans Josefs Zimmer, da er ja ein Einzelzimmer hatte und sie somit ungestört wären. Sie legten sich in ihren Saris auf sein Bett. Doch als er instinktiv versuchte, Melanie zu küssen, drehte sie abwehrend ihren Kopf zur Seite.

»Möchtest du nicht geküsst werden?«, fragte er verunsichert.

»Nein«, entgegnete sie zaghaft. »Das ist aber nicht wegen dir. Ich find dich toll und mag es, wie du mich streichelst. Du bist wahnsinnig zärtlich, und ich war vorhin sehr erregt. Bin es immer noch ein bisschen. Aber, na ja, ich weiß auch nicht, das klingt jetzt irgendwie total bescheuert …«

»Nein, du, ist für mich kein Problem, wenn du …«

»Ich steh nicht auf Männer.«

»Wie bitte?«

»Ich bin lesbisch.«

»Oh.«

Hans Josef wusste das ja eigentlich, hatte aber wegen ihres direkten Angebots, gemeinsam das Öl-Ritual zu machen, und auch wegen ihrer offenkundigen Erregung angenommen, sie sei zumindest bisexuell.

»Natürlich gefällt es mir, gestreichelt zu werden, und ich fasse Männer gern an und bin gern mit Männern zusammen. Aber küssen ist mir da einfach zu intim«, erklärte Melanie und schaute Hans Josef mit ihren schönen großen Augen unverwandt an. Sie wirkte souverän und gar nicht mehr so hilflos und scheu wie im Unterricht. Das Problem war bloß, dass Hans Josef aufgrund der Massage und des fast spirituellen Erlebnisses innerlich glühte, er war immer noch euphorisiert, und ihm stand der Sinn nach allem anderen als tiefschürfenden Gesprächen. Er wollte einfach den Augenblick genießen. Und seine Lust mit Melanie ausleben.

»Ich finde es toll, wie ehrlich du bist«, sagte Melanie. Verdammt, hatte er schon wieder laut gedacht?

»Aber leider geht das nicht. Ich würde schon gern mal

mit einem Mann schlafen, aber nicht heute und nicht jetzt«, gab sie ihm beherzt zu verstehen.

»Sehr schade. Aber das respektiere ich natürlich.«

»Ich weiß nicht, ob die anderen es dir schon erzählt haben. Meine Tante ist letzte Woche gestorben.«

»Ja, man hat es mir gesagt. Mein Beileid.«

»Danke, das passt schon. Wir hatten uns längere Zeit nicht mehr gesehen … Weißt du, was komisch ist?«

»Nein, was meinst du?«, fragte Hans Josef Strauß interessiert. Er spürte, dass Melanie jetzt etwas offenbaren würde, das ihn in dem Fall massiv voranbrächte.

»Ich war am Tag ihres Todes extrem unruhig. Wir waren bei einem Schauspielkurs in Augsburg. Und ich hab mich wahnsinnig unwohl gefühlt. Ich hab kaum Luft bekommen und bin einfach rausgerannt.«

»So wie gestern im Unterricht?«

»Ja. Genau. Manchmal schnürt es mir die Kehle zu. Ich weiß nicht, wie ich das wegbekommen soll. Und in Augsburg bin ich ins Auto gestiegen und in die ›Redblack Bar‹ gefahren, da arbeiten zwei Freundinnen von mir.«

»Ist das ein Lokal in Augsburg?«

»Ja, eine Bar für Schwule und Lesben.«

»Aha. Und die haben dich dann beruhigt?«

»Ja, ich bin bis abends bei ihnen geblieben, hab Tee getrunken und Backgammon gespielt. Und irgendwann ging es mir wieder gut. Später, als ich vom Tod meiner Tante erfahren habe, wurde mir klar, dass diese Unruhe zur gleichen Zeit eingesetzt hat, als sie starb. Das ist doch irgendwie unheimlich, oder?«

»Die Verbindung zwischen euch war wohl sehr eng?«

»Eine Zeitlang, ja.«

Melanie schaute an die Decke. Hans Josef hoffte, dass sie nun von allein über ihre Beziehung zu Zebra sprechen würde, und beschloss, sich zurückzuhalten, um ihren Redefluss nicht zu behindern. Doch sie tat ihm den Gefallen nicht. Melanie seufzte und erklärte dann in einem Ton, der eindeutig das Ende der Unterhaltung anzeigte: »Aber deshalb bin ich momentan in keiner besonders stabilen Verfassung.«

»Das tut mir sehr leid.«

»Magst du mich einfach mal in den Arm nehmen?«

»Sehr gern.«

Hans Josef spürte, dass jetzt absolut der falsche Zeitpunkt war, etwas über die Liebesgeschichte zwischen Tante und Nichte zu erfahren. Sie lagen einfach nur eine halbe Stunde zusammengekuschelt da und schwiegen. Doch Hans Josefs Gedanken kreisten noch immer um den Fall: Zebra hatte sich also in der Künstlerwohnung aufgehalten, Schlaftabletten genommen und sich hingelegt. Die Wohnungstür war verschlossen, obwohl sie keine verschlossenen Türen mochte, vor allem, weil sie Angst vor einem möglichen Klopfen hatte. Warum aber hatte sie die Tür abgeschlossen? Gerade vor einer wichtigen Veranstaltung würde sie doch nicht in Kauf nehmen, ihre innere Verfassung zu verschlechtern, indem sie ein Klopfen riskierte. Denn wie reagiert jemand bei einer verschlossenen Tür ohne Türklingel, wenn er Einlass begehrt? Mit Klopfen! Nächster Punkt. Melanie war in Augsburg und ist vor dem Todeszeitpunkt mit dem Auto weggefahren. Da sie aber eindeutig von mehreren Personen in dem Lesbenlokal gesprochen hatte, die sie beruhigt hätten – im Zweifelsfall Zeugen! –, war davon auszugehen, dass sie ein felsenfestes Alibi hatte. Zudem wäre es schon ziemlich unwahrscheinlich, dass Melanie unbemerkt an einem ihr fremden Veranstaltungsort aufgetaucht war, sich in den ersten Stock in die Künstlerwohnung geschlichen hatte, wo ja theoretisch auch andere Menschen hätten sein können, dann den Wasserkocher entdeckt und geschlussfolgert hatte, dass er defekt und geeignet wäre, einen Brand auszulösen, um sich wegen der Zurückweisung ihrer Liebe an ihrer Tante zu rächen. Nein, Hans Josef war sich nun ganz sicher: Melanie konnte nicht die Täterin sein. Es musste jemand sein, der an diesem Abend zugegen war, der die Künstlerwohnung samt defektem Wasserkocher bestens kannte, jemand, der hin- und herlaufen konnte, ohne dass es aufgefallen war. Sprich: Höchstwahrscheinlich war entweder Lucky der Täter oder einer seiner Mitarbeiter. Nur was hätte Lucky für ein Motiv haben können? Geld? Hatte er gehofft, die Brandschutzversicherung würde zahlen? Nein, das machte keinen Sinn. Einen Brand hätte er auch legen können, ohne jemanden dabei umzubringen. Hans Josef schloss die Augen und spielte den Abend von Zebras Tod mehrere Male im Geiste nach. Dabei verfiel er in einen sanften Dämmerschlaf.

17. Kapitel

Varoufakis lag in dem kleinen runden Körbchen, das Yiannis heute Morgen samt seinem Hund bei Quirin abgegeben hatte, und schlief. Quirin saß am Küchentisch und betrachtete ihn. Der braune Dackel war schon sehr niedlich und unkompliziert. Quirin kam sich sehr bayerisch vor, jetzt fehlte nur noch ein Schnauzer und ein Filzhut mit Gamsbart, dann hätte man ihn glatt für den Paradebayern Herrn Hirnbeiß halten können, den die geniale Künstlerin Franziska Bilek jahrzehntelang für die *Münchner Abendzeitung* gezeichnet hatte.

Auf welch verrückte Weise sich sein Leben doch verändert hatte, seit er Hans Josef Strauß kannte und mit ihm das Detektivbüro führte! Ständig Abwechslung, neue Eindrücke, Einblicke in Mikrokosmen oder interessante Erfahrungen. Die Poetry-Slam-Szene hatte er allerdings schon vorher gekannt. Bei seiner einstigen Tätigkeit als Marktforscher hatte er des Öfteren Studenten zu deren Lebensmittel- oder Handykonsum befragt, zu ihrem Onlineshopping-Verhalten oder zu sonstigen langweiligen Themen. Bei den Vorgesprächen hatte er hin und wieder interessante Empfehlungen erhalten, was zur Folge hatte, dass er sich bestimmte Kinofilme ansah und diverse Kabarettprogramme, oder eben Slams besuchte. Die Veranstaltung an diesem Abend interessierte ihn sehr, da er das legendäre »Schwabinger

Vereinsheim« schon einige Male im Fernsehen gesehen hatte und schon immer wissen wollte, wie es dort ›in echt‹ aussieht.

Der Hans Josef war schon ein verreckter Hund, dachte Quirin, dass der da einfach so zu einem Tantra-Wochenende gefahren ist. Er konnte ein gewisses Maß an Respekt für ihn nicht verhehlen, auch wenn er sich ein dezentes Kopfschütteln nicht verkneifen wollte. Er stellte sich vor, wie sein westfälischer Freund und Geschäftspartner mit hundert fremden Personen in einem orientalisch eingerichteten Raum lag und seltsame, esoterische Handlungen vollzog. Brrr, ihm lief ein unangenehmer Schauder den Rücken hinab, und er wollte dieses Kopfkino lieber nicht weiter ablaufen lassen. Um sich abzulenken, prüfte er, ob Varoufakis genügend Wasser im Trinknapf hatte, dann schaute er nach, wie viel Geld in seinem Portemonnaie war – 70 Euro –, das musste ausreichen. Er steckte Schlüssel und Smartphone ein, sperrte ab und verließ die Wohnung. Sicherheitshalber spähte er nochmal in den Briefkasten, obwohl samstags seit einigen Wochen auffällig wenig Post kam. Sein Fach war leer, aber im Briefkasten des gemeinsamen Detektivbüros fand sich ein Brief. Absender war Hartl, der Bruder von Quirins Vermieter. Das mussten die Ergebnisse von Zebras Bluttest sein! Sehr gut, wenn man sich auf Leute verlassen kann, dachte Quirin gut gelaunt. Er ließ das Schreiben ungeöffnet im Briefkasten liegen – das wollte er sich gemeinsam mit Hans Josef ansehen – und verließ fröhlich summend das Haus in der Frauenstraße.

Auf dem Viktualienmarkt war einiges los, der Frühling kündigte sich an, und die Münchner saßen erwartungsgemäß zufrieden bei ihrem Bier im Freien. Eine junge Frau mit einem hellen Kleid und kleinen, zu einem Kranz geflochtenen Zöpfchen drückte ihm ein DIN-A5-Zettelchen in die Hand und sprach ihn an.

»Bitte unterstützen Sie die hungernden Menschen in Laos!«

»Wie soll ich die unterstützen? Mit einer Spende?«

»Ja, oder werden Sie gleich Pate, da können Sie jeden Monat Ihren Beitrag leisten. Wir legen beispielsweise Wasserkanäle zu brachliegenden Ackerflächen und unterstützen damit die Bauern bei der Reisernte.«

»Pate möchte ich keiner werden, aber fünf Euro spend ich gern. Ich hätt übrigens ein kleines Wortspiel für Sie, vielleicht können Sie das verwenden.«

»Aha, warum nicht? Dann schießen Sie doch mal los!«

»Reisernte soll man nicht aufhalten.«

»Wie?«

Die Frau hatte den Doppelsinn entweder nicht verstanden oder besaß keinen Nerv für absurde Späße, jedenfalls sah Quirin in ihrem Gesicht nichts als Ratlosigkeit. Er füllte an dem der Frau zugehörigen Stand irgendein Kärtchen aus, spendete seine fünf Euro und lief weiter zum Marienplatz. Dort erstreckte sich, wie immer, eine riesige Baustelle, und Quirin erinnerte sich, dass hier bis vor Kurzem noch der Bus zum Tierpark losgefahren war. Das war eine großartige Sache gewesen: Ein Bus, der mitten in der Innenstadt, am zentralsten Ort Münchens, startete und dann über den Gärtnerplatz, den Mariahilfplatz samt Auer Dult und Giesing bis nach Thalkirchen gefahren war. Unheimlich viele Münchner, vor allem auch ältere und behinderte Menschen, hatten diese Strecke jahrzehntelang intensiv genutzt, bis irgendwelche komplett verblödeten Mitarbeiter der Stadtverwaltung den Einfall hatten, sowohl Taxis als auch besagten Bus vom Marienplatz zu verbannen. Man verschaffte gerade den gebrechlichen Fahrgästen erhebliche Nachteile, denn die Bushaltestelle wurde einen halben Kilometer weiter ins Rosental verlegt, vermutlich, um durch die Verkehrsberuhigung die Quadratmeterpreise der umliegenden Grundstücke in die Höhe zu treiben. Quirin regte sich jedes Mal, wenn er daran dachte, fürchterlich auf. Und als ob die Stadtplaner ihre Bürger absichtlich verhöhnen wollten, nannten sie diese Haltestelle auch noch »Marienplatz Süd«. Mit dem Marienplatz hatte das alles aber gar nichts mehr zu tun! Ein dummes Volk, über das sich Quirin nun nicht länger den Kopf zerbrechen wollte, um seine positive Stimmung nicht zu zerstören. Zum Glück kannte er auch zwei Rathausmitarbeiter, die noch Anstand hatten und viele Aktionen ihrer Kollegen ebenso wenig verstanden wie Quirin.

Gegen halb sieben stieg er an der Münchner Freiheit aus der U-Bahn. Er war viel zu früh dran, der Slam sollte erst um 20 Uhr beginnen. An der Oberfläche war einiges los, Stände mit Speis und Trank waren aufgebaut worden. Quirin entschied sich, noch eine Kleinigkeit zu essen, bevor er ins »Vereinsheim« ging. Das Bezahlsystem war leicht zu verstehen: Man musste an einem hölzernen Kassenhäuschen Bons für die gewünschten Waren kaufen und konnte diese dann beim jeweiligen Stand einlösen. Eine praktische Lösung, da dadurch niemand lange anstehen musste. Quirin kaufte sich einen Bon für eine Ofenkartoffel mit Quark und für ein Bier. Der Essenswagen roch verführerisch. Vor ihm wartete nur ein Mann mit Fahrradhelm, und Quirin lief das Wasser im Mund zusammen.

»Eine Schweinshaxn, bitte«, bellte der Mann mit Helm und überreichte dem Koch den entsprechenden Bon.

»Schweinshaxen san aus«, bedauerte der Koch. »Aber Sie dürfen sich selbstverständlich etwas anderes für den gleichen Betrag aussuchen.«

»Wie bitte?«, echauffierte sich der Behelmte und fuchtelte heftig mit dem noch immer in seiner Hand befindlichen Bon herum. »Ich habe hier einen VERTRAG!«

»Ja, Sie haben einen Vertrag«, erklärte der Koch in aller Seelenruhe. »Aber ich hab keine Schweinshaxn.«

Die Ofenkartoffel mit Quark war zum Glück nicht aus und das Bier auch nicht. Gestärkt von der schmackhaften Speise und dem gut gekühlten Bier marschierte Quirin rüber zum »Vereinsheim«. Als er von der Haimhauser- in die Occamstraße einbog, erinnerte er sich, dass es hier früher mal das nette Lokal »Occams« gegeben hatte, das, wie so vieles, leider der Gentrifizierung zum Opfer gefallen war. Die Wirtin Christa arbeitete jetzt im nahe gelegenen »Fendstüberl« in der Fendstraße, wo er ja kürzlich versehentlich mit Hans Josef gelandet war. Das »Vereinsheim« selbst befand sich im gleichen Gebäude wie das »Lustspielhaus«, Münchens wichtigste Kleinkunstbühne mit etwa 300 Sitzplätzen.

Plötzlich blieb Quirin stehen. Hatte an der Stelle, wo jetzt das »Vereinsheim« stand, nicht früher einmal die berühmte Schwabinger Gisela ihren Gästen Abend für Abend »Aber der Nowak, der lässt mich nicht verkommen« vorgesungen? Doch, ganz sicher, der Eingang war noch immer der alte. Vor der Tür waren grüne und blaue Biergartengarnituren aufgestellt worden, und viele nett wirkende Leute saßen bei einem Getränk und kleinen Speisen. Er schritt die zwei, drei Stufen hinauf in die Gaststube. Am Eingang begrüßte ihn eine attraktive dunkelhaarige Frau mit einem bezaubernden Lächeln und kassierte dann strahlend sieben Euro Eintritt. Eine Besucherin, die den Schankraum direkt nach Quirin betreten hatte, bemerkte, nachdem sie sich umgesehen hatte: »Das ist ja viel kleiner als im Fernsehen!«, worauf die hübsche Kassiererin einen Strich auf einer neben der Tür angebrachten und schon beträchtlich langen Strichliste machte. Über der Liste stand: »Strichliste derer, die beim Eintreten ins Vereinsheim sinngemäß den Satz DAS IST JA VIEL KLEINER ALS IM FERNSEHEN sagen.«

An einer großen, gemütlichen Bar hockten ebenfalls sympathisch wirkende Gäste, hinter dem Tresen arbeiteten zwei junge hübsche Bardamen und ein sehr dünner Mann mit schwarzem Hut und Zahnlücke, der gerade etwas am Mischpult einstellte – wahrscheinlich der Techniker, folgerte Quirin. Er bestellte sich bei einer fröhlich lachenden, dunkelhaarigen Bedienung ein dunkles Weißbier und wanderte damit durch die Gaststätte, die ihm sehr gut gefiel. Wirklich ein stilvoller, heimelig eingerichteter Raum mit atmosphärischen Sitzecken und allerlei kuriosen Plakaten, Bildern, Wimpeln, Pokalen und Fußballpostern an den Wänden.

Ein dunkelhäutiger junger Mann mit einem hellblond gefärbten Kinnbärtchen unterhielt sich neben einem Kicker-Gerät mit einem Rothaarigen über die Slam-Szene. Quirin schnappte einige Gesprächsfetzen auf.

»Weißt du«, sagte der dunkelhäutige Mann, »ich mag total gern die Weisheiten vom Wildbachtoni. Hast du den ersten Roman gelesen?«

»Nein, nur den zweiten, der heißt, glaub ich, ›Schrippenbrösel‹«, erwiderte der Rothaarige.

»›Schrippenblues‹ heißt der. Aber im ersten Roman sagt die Hauptfigur: ›Wichtig ist, dass man lernt, gewinnen zu wollen. Leute aus den Städten sagen immer Sachen wie *Dabei sein ist alles!* oder *Ich bin froh, wenn ich mitmachen darf*, und so weiter. Das ist aber natürlich völliger Quatsch! Wer sich einem Wettbewerb stellt, muss gewinnen wollen. Sonst kann er sich den ganzen Stress sparen.‹ Das ist genial. Und bei den Slams ist es das Gleiche. Wenn man sich auf eine Situation, ein Spiel, eine Auseinandersetzung oder eine Herausforderung einlässt, weiß man ja, dass es Sieger und Verlierer gibt. Dann sollte man auch alles geben, um den ersten Platz zu erlangen. Und falls das nicht funktioniert, Sportsgeist beweisen und kein Spielverderber sein, sondern demjenigen, der gewonnen hat, seinen Triumph von ganzem Herzen gönnen.«

»Stimmt schon, aber ich fände es auch cool, wenn Poetry Slams einfach nur eine gute, vielseitige Literatur-Show wären, in der alle Dichter und Poeten zum Gelingen des Programms beitragen wie Spieler in einer Fußballmannschaft. Das entspräche viel eher meiner Vorstellung von Harmonie. Bei Aufführungen ohne Wettbewerbssituation gäbe es viel weniger Konkurrenzkampf und geheucheltes Miteinander.«

»Du hast die Philosophie vom Poetry Slam einfach nicht verstanden«, konterte der Dunkelhäutige. »Da geht's um was anderes.«

»Find ich nicht«, fand der Rothaarige nicht.

Quirin hatte keine Lust, dem sich anbahnenden Streit zu lauschen. Er ging wieder zurück an den Tresen.

»Hallo, Quirin«, begrüßte ihn da eine tiefe Stimme. Quirin drehte sich um. Hinter ihm stand Atlas Prohaska.

»Hey, das freut mich aber«, strahlte der Angesprochene, und es freute ihn wirklich. »Bist du heute am Start?«

»Ich moderiere mal wieder. Mann, ich muss echt wahnsinnig oft an die Sache mit Zebra denken.«

»Klar, das beschäftigt einen, geht mir ja genauso.«

»Vor allem die Situation vor der Tür. Wir waren komplett hilflos und unglaublich angespannt, als Lucky den Schüssel mit dem Draht nach innen balanciert hat. Uns ist förmlich der Atem gestockt. Diese gespenstische Stille. Und dann war die Tür plötzlich auf, und wir haben die ganze Bescherung gesehen. Es war wirklich grauenvoll.«

»Ja, zweifelsohne ein schlimmes Ereignis«, seufzte Quirin. In diesem Moment wurde Atlas von zwei Slammerinnen begrüßt und in ein Gespräch verwickelt, was Quirin die Möglichkeit eröffnete, wieder einmal über diesen durchaus komplizierten Fall nachzudenken. Es gab keinen echten Anhaltspunkt und eigentlich auch keinen wirklich Verdächtigen, kein Motiv, es waren nur die merkwürdigen Umstände, das Gefühl, dass irgendetwas nicht stimmte an der ganzen Geschichte um Zebras Tod. Jedenfalls war Atlas absolut glaubwürdig, fand Quirin. Auf der anderen Seite war Zebras Angewohnheit, sich vor der Veranstaltung noch mal hinzulegen, vielen Leuten bekannt, und da unten im Bühnenraum alle mit den Vorbereitungen beschäftigt gewesen waren, hätte sich ohne Weiteres jemand in die Künstlerwohnung schleichen können. Aber von innen abzusperren, den Schlüssel stecken zu lassen und sich dann einfach in Luft aufzulösen – das war ein Zauberkunststück, das sich nicht so einfach erklären ließ. Ein Zauberkunststück? Irgendwo auf dem Speicher musste noch der Zauberkasten sein, den Quirin als Kind so geliebt hatte. Er beschloss, ihn zu suchen, vielleicht würde ihm das die nötige Inspiration verschaffen, um den rätselhaften Fall endlich zu lösen.

»Ich muss jetzt auf die Bühne«, erklärte Atlas. »Wir sehen uns nachher noch, ja?«

»Logisch, ich bleib ziemlich sicher bis zum Schluss.«

Das Licht in der Gaststube erlosch, das Bühnenlicht ging an. Es ertönte die Titelmelodie von »Indiana Jones«, wohl das Erkennungslied für den Slam im »Vereinsheim«. Quirin setzte sich auf einen Barhocker an den Tresen, und zwar so, dass er die Bühne gut überblicken konnte. Die nette Bedienung brachte ihm mit strahlendem Lächeln sein kurz zuvor bestelltes Weißbier. Wie üblich wurden für mögliche Slam-Neulinge die Regeln erklärt und eine Liste der an diesem Abend teilnehmenden Slammer auf eine Tafel geschrieben. Diesmal waren es:

Kanzo Kleist
Elfie Briest
Bodo Mögen
Florence Garnier
Michi Urban
Steff Schlobinski

Kanzo Kleist eröffnete den Wettbewerb:

»So, hallo beisammen, ich möcht mich erst noch mal vorstellen, also, für die, die nich mitbekomm haben, wer ich bin: Ich bin Regisseur, eigentlich gelernter Bühnentechniker, hab aber in den letzten Jahren einige Stücke inszeniert, unter anderem ›Die Räuber‹, uraufgeführt im Kulturzentrum Fürstenried West, und später noch zwei Vorstellungen in der großen Aula der ehemaligen McGraw-Kaserne.«

Die Zuschauer lachten an manchen Stellen. Vermutlich war dieser Slammer einigen als lustiger Performer bekannt, und die rechneten mit einem heiteren Text, dachte sich Quirin.

»Heute wollt ich gern mein neues Projekt mit euch besprechen«, fuhr Kanzo Kleist fort, *»nämlich, ich möcht das Leben von Jim Morrison auf die Bühne bringen. Also, durchaus mit Unterstützung seiner Musik einfach mal nachfragen: Wer war Jim Morrison eigentlich? Was war seine Motivation? Wie sollen wir heute mit seinen teilweise kontrovers diskutierten Botschaften umgehen? Ich möchte in dem Theaterstück bis zu fünfzehn Leute auf der Bühne haben, die dann, teilweise nackt, ihre Bewunderung, aber auch ihren Zweifel gegenüber dem nur äußerlich starken Charakter des ehemaligen Doors-Frontmannes ausdrücken sollen. Er war ja in meinen Augen innerlich eher zerrissen und auf der Suche, manövrierte sich dadurch immer wieder in schwierige Situationen im Zusammenhang mit Drogen und Sex und entfernte sich von der Realität, schuf sich eine eigene, und* DAS *möchte ich ausdrücken.«*

Viele Zuhörer krümmten sich inzwischen vor Lachen. Quirin fand den Text zwar amüsant, verstand aber die übertriebene Reaktion der anderen Besucher trotzdem nicht. Sie benahmen sich wie das römische Volk während der Rede des Pontius Pilatus in dem berühmten Film »Das Leben des Brian«. Kanzo Kleist war noch nicht fertig.

»Und das geht jetzt euch alle an, euch alle als Schauspieler: Ich möchte Echtheit auf der Bühne, das heißt tatsächliche Emotionen. In der Schlussszene,als sich Jim entscheidet, seinen definitiv letzten Weg zu gehen, da ist er dann knallgelb angemalt, und neben der Badewanne steht ein Aktenvernichter, mit dem Jim, noch bevor er sein finales Bad nimmt, in letzter Sekunde wichtige Unterlagen verschwinden lässt, weil er ja auch zur Legende werden will. Nun holt er Pillen oder Kapseln oder irgendwelche Drogen aus der Tasche, steckt sie sich in den Mund, entkorkt eine Flasche Rotwein, trinkt sie auf ex aus, spült die Drogen damit runter, zieht sich komplett nackt aus und singt lachend die amerikanische Nationalhymne. Wir spüren Zynismus und Verbitterung. Er steigt in die Wanne, und hier hab ich mir eine erotische Szene ausgedacht, bei der ein paar unbekleidete Frauen in der Badewanne auftauchen und auch die restliche Band involviert ist, und alle vollziehen sexuelle Handlungen aneinander. Dann stirbt Jim Morrison, und die ganzen nackten Frauen heben ihn aus der Wanne raus und tragen ihn splitternackt und tropfend durch das Publikum. Dazu ertönt ›When the Music´s Over‹, und das Publikum empfängt diese große Betroffenheit, aber gleichzeitig, und das ist der Clou, auch Befreiung. Jim Morrison spiele übrigens ich.«

Die Zuhörer waren nun nicht mehr zu halten, sie rasteten förmlich aus. Atlas hatte es schwer, den nächsten Poeten anzusagen, weil der seltsame, aber auch sehr amüsante Text von Kanzo Kleist ihnen so gut gefallen hatte. Gespannt auf den weiteren Verlauf des Abends, trank Quirin den letzten Schluck Weißbier und bestellte sich ein weiteres.

18. Kapitel

Melanie und Hans Josef waren einige Zeit in einem tranceähnlichen Zustand gewesen. All die Emotionen, die nach dem Tantra-Kurs im Raum gestanden hatten – Begierde, seine Sehnsucht, diese junge schöne Frau zu berühren, mit ihr Liebe zu machen, sie überall zu küssen und auch ihre Küsse und Liebkosungen zu genießen –, waren verschwunden. Hans Josef war nun ganz im gegenwärtigen Moment, er genoss das Gefühl des Geborgenseins und die Harmonie, die das Zimmer um ihn herum ausfüllte. Er wünschte sich, dass dieser Augenblick nie vorübergehen würde. Er hatte ja schließlich alles erlebt und gesehen, und die Arme dieser Frau, ihr Duft, dieses Zimmer und dieses Bett waren alles, was er fortan im Leben brauchte. Bis auf die Aufklärung des Mordes an Zebra hatte er wirklich fast alles erlebt. Das hieß, nahezu alles. Besser gesagt: das meiste. Beziehungsweise: manches. Oder, wenn man's genau betrachtete: dies und das. Also, den Fall Zebra und die Taxi-Geschichte wollte er eigentlich schon noch erfolgreich abschließen. Aber dann konnte er bis an sein Lebensende mit Melanie hier nackt herumliegen. Vielleicht würde sie doch eines Tages Lust darauf bekommen, Sex mit ihm zu haben. Mist, darüber hätte er nicht nachdenken sollen. Sofort war sein Kopf wieder voller Verlangen, und sein Penis tat es dem Kopf gleich. Melanie bemerkte es, lächelte seltsam verzückt und fing an,

Hans Josef langsam und genüsslich auf die Brust zu küssen, wie ein Kätzchen.

Jeder von ihnen wusste, dass eine derartige Begegnung zwischen ihnen beiden nur hier in diesem Bett, an diesem Wochenende, in dieser Sekunde stattfinden konnte und sich wahrscheinlich nicht noch einmal wiederholen würde. Sie fühlten sich wie in einem angenehmen Traum, auch noch, als sie aufstanden, sich wieder die Saris umlegten, die Treppen hinabstiegen und sich plötzlich wieder im Gruppenraum befanden, wo ein kleiner, wunderlicher Mann mit Nickelbrille und Glatze zu einer Gruppe vor ihm niederkniender, gänzlich unbekleideter Menschen sprach:

»Spürt mal einfach nur eure Füße und eure Knie auf Mutter Erde. Weder Erde noch Himmel vermögen die Schönheit eurer Seele zu fassen. Ihr seid vollkommenes ewiges Bewusstsein und erhebt euch nun über die Schwere des Alltäglichen.«

Hans Josef empfand diese Art zu sprechen als künstlich und aufgesetzt. Er wollte lieber weiter mit Melanie in der Traumwelt schweben. Er sah zu ihr rüber. Sie schien noch völlig in Trance zu sein, ihr Blick ruhte in der Leere.

»Hört auf eure inneren Signale. Euer strahlendes Wesen bringt Licht in die Welt und zu allen Menschen, die euch begegnen dürfen …«

Der große Mann, der Hans Josef einige Stunden zuvor im Park umarmt hatte, hob die Hand, wie in der Schule, und fragte: »Isch wollde dann noch mal fragen, auf welsches Signal isch muss achten? Kommt da ein Kribbeln?«

»Das wirst du dann schon merken«, trällerte der kleine Glatzkopf. »Eure Aura ist blau. Tiefblau. Azurblau.«

Der große Mann war vermutlich mit der Antwort nicht

ganz einverstanden, jedenfalls glotzte er einige Sekunden belämmert vor sich hin, drehte sich dann aber zu einer neben ihm knienden Frau um, umarmte sie spontan und erklärte: »Hallo. Isch bin Malada, isch bin noch nischt eingetragen.«

Während der ganzen Veranstaltung stand Hans Josef da wie ein Hase, der das erste Mal den Wald verlassen hatte. Der kleine Mann mit der Glatze sprach ohne Unterlass. Oft war die Rede von »ankommen«, »reinspüren« und von »wachsender Aura«. »Ich lade euch jetzt ein, mal euren Atem zu beobachten und euch selbst als Teil des großen Ganzen zu betrachten.«

Die Nackten machten ab und zu eigenartige Geräusche. Falls Hans Josef Strauß mal einen Filmregisseur kennenlernen sollte, der für eine Dokumentation einen Sprecher sucht, der Geräusche wie »Mmmmmmmhh…«, »Aaaah« oder »Hhhhhhh« produziert, könnte er ihm sagen, wo er die entsprechend begabten Geräuschemacher finden würde. Er überlegte, wie es wohl in einer tantrisch-kardiologischen Arztpraxis zugehen würde. Der Anästhesist würde vermutlich kurz vor der Operation zum Patienten sagen: »Ich lade dich jetzt ein, das Narkosemittel zu empfangen«, darauf der Arzt: »Ich lade dich ein, auf dem Operationstisch anzukommen«, und dann der Patient zum Arzt: »Ich lade dich ein, mein Herz zu öffnen.«

Trotz seiner meditativen Ausgeglichenheit musste Hans Josef sehr über diesen Einfall lachen. Er wollte die Runde der verrückten Nackten aber nicht stören, also lief er raus ins Freie. Dort saß eine aufgetakelte Österreicherin mit ihrem an Florian Silbereisen oder Stefan Mross erinnernden Begleiter. Sie waren gerade in ein Gespräch über das weibliche Geschlechtsteil vertieft, und Hans Josef erfuhr unfreiwillig, dass die Inder es »Yoni« nannten. Außerdem lernte er, dass sich bei einer Frau 8000 Lustpunkte aktivieren ließen und dass das männliche Geschlechtsteil »Lingam« hieß. Schon wieder hatte Hans Josef Strauß einen lustigen Einfall, nämlich eine Comicreihe mit zwei Mäusen zu entwickeln, die er Yoni und Lingam nennen würde. Man könnte die Mäuse auch ein wenig nach Yoni und Lingam aussehen lassen. Die ersten Bände würden die Titel »Yoni und Lingam auf heißer Spur«, »Yoni und Lingam und der goldene Tempel« und »Yoni und Lingam in Afrika« tragen. Hans Josef stand schon wieder kurz vor einem Lachkrampf, rief sich aber dann zur Ordnung, indem er sich klarmachte, dass man bei so einem Tantra-Seminar auch ohne Weiteres komplett überschnappen konnte.

Nachdem er sich beruhigt hatte, öffnete er erneut die Tür des Gruppenraums. Die Teilnehmer waren inzwischen aus der knienden in eine stehende Position gekommen. Auch Melanie hatte sich eingereiht und machte mit den anderen irgendwelche Streck- oder Dehnbewegungen. Es roch leicht nach Schweiß, was Hans Josef als ziemlich unangenehm empfand. Außerdem kam ihm diese Gruppe nackter Menschen reichlich sonderbar vor. Sie erinnerten ihn daran, dass er als Kind mit seinen Eltern öfter an FKK-Stränden gewesen war. Er hatte das nie gemocht, was bis heute anhielt.

Hans Josef gestand sich ein, dass das hier einfach nicht seine Welt war. Das schöne Erlebnis mit Melanie war sowieso nicht mehr zu toppen. Er hatte das dringende Bedürfnis, sich mit Quirin auszutauschen. Leise verließ er den Raum und überließ die Nackten ihrer Sehnsucht nach Erleuchtung. Den Sari fest um sich gewickelt, wandelte er in den Speisesaal, wo Steffi Arnold und ein paar andere Leute in indischen Gewändern saßen und seltsam riechende, dünne Zigarillos rauchten.

»Hey, Hans Josef«, rief Steffi. »Genießt du die kleine Auszeit?«

»Ja«, bekannte der Westfale. »Aber blöderweise ist mir eingefallen, dass ich morgen früh den Hund von meinem Nachbarn ausführen muss, weil der sich verletzt hat und nicht aufstehen kann. Deshalb muss ich leider schon abreisen.«

»Ach, das ist aber schade. Morgen findet ein tolles Vereinigungsritual statt. Ich wollte dich eigentlich einladen, das mit mir zusammen zu erleben.«

Verdammt, dachte Hans Josef, das wäre eigentlich mehr als ein Grund, hierzubleiben. Was auch immer ein ›Vereinigungsritual‹ sein mochte … vermutlich sogar genau das, was Hans Josef vermutete. Diese Chance war schon arg verlockend. Aber es half nichts, der Fall war wichtiger, und irgendetwas sagte ihm, dass er nah an der Lösung war. Es gab zwar keinerlei konkrete Indizien oder Anhaltspunkte, die das belegten, aber sein Gespür hatte ihm bislang immer recht gegeben.

»Vielleicht komm ich morgen Mittag wieder her. Ist ja nicht weit. Wann ist denn dieses Vereinigungsritual?«

»Um fünfzehn Uhr«, antwortete Steffi Arnold, wobei sie ihm vielsagend zulächelte.

»Gut. Mal sehen. Ich werd mich jetzt vom Acker machen. Liebe Grüße an alle und noch mal danke für die tolle Einladung und die wirklich schöne Erfahrung.«

»Gerne, mein Lieber. Gute Fahrt!«

19. Kapitel

In seinem Körbchen in Quirins Wohnung zuckte Varoufakis leicht mit den Schultern, was nichts Ungewöhnliches war, da er gerade schlief und grundsätzlich sehr intensive Träume hatte. Da er mit Menschen aufgewachsen und somit mit dem Bewusstsein sozialisiert worden war, Mitglied einer menschlichen Gemeinde zu sein, betrachtete er andere Hunde zwar als ähnlich geartete Lebewesen, teilweise sogar als Kumpels, aber als gesellschaftlich unterprivilegiert. Rüden fand er zwar lustig zum Spielen, aber sie hatten oft keine guten Manieren, und die Hündinnen waren meist arge Zuckerpüppchen, mit denen man womöglich erst nach einigen Zusammentreffen »in medias res« gehen konnte. Zudem befand er die meisten menschlichen Familienmitglieder seiner Artgenossen als launisch, unberechenbar und damit höchst fragwürdig. Zum Beispiel war ihm bei einem Ausflug mit seinem väterlichen Freund und Ernährer Yiannis in der Aubinger Lohe eine wunderschöne schwarzhaarige Pudeldame begegnet, die sich zwar zunächst etwas zierte, dem galanten Flirtversuch von Varoufakis dann aber erlag und durchaus zutraulich auf ihn reagierte. Sie roch herrlich nach frischem Wiesengras, Weiblichkeit und Wollust, was hätte sich nicht alles Tolles daraus entwickeln können ... Aber leider lag sie, wie so viele Hunde in der heutigen Zeit, an der Leine, und ihr Frauchen zerrte sie völlig hysterisch von Varoufakis weg, während sie dem wie immer entspannten Yiannis mit schriller Stimme irgendetwas von »läufig« oder »Leinenzwang« zukeifte. Mit solchen Erlebnissen musste man als halbgriechischer Rüde erst mal klarkommen! Aber das war jetzt gerade nicht relevant, da Varoufakis schlief und einen sonderbaren Traum träumte.

In diesem Traum saß er am Schreibtisch von dem großen Mann, den die anderen Leute »Hans Josef« nannten und der sich immer so schnell bewegte. Er war Teil der Familie, wohnte in der großen Hütte mit den vielen Treppenstufen, und Varoufakis war oft zu Gast bei ihm, manchmal mit Yiannis, manchmal ohne ihn. Varoufakis träumte, er müsse Blätter sortieren und Telefonate entgegennehmen, was ihm trotz seiner Pfoten, die eigentlich dafür ganz und gar nicht geeignet waren, erstaunlich gut gelang. Da ging die Tür auf, Hans Josef und sein bayerischer Kamerad mit den Wuschelhaaren kamen herein. Die beiden trugen Halsbänder und wurden von Varoufakis' Freund Yiannis an der langen Leine geführt. Yiannis forderte sie auf, herzukommen und Platz zu machen, aber sie reagierten nicht, sondern hechelten nur mit ihren lächerlich kleinen heraushängenden Zungen. Vermutlich konnten sie kein Griechisch und verstanden »ella edho« (»Komm her«) und »katse« (»Platz«) nicht. Da zog Yiannis ruckartig an den Leinen, und instinktiv setzten sich seine beiden Zöglinge auf ihre seltsam unbehaarten Hinterteile. Varoufakis lachte kurz im Traum darüber auf. Das nachfolgende »Bravo« verstanden sie dann wohl doch. Yiannis nahm nun zwei Schüsseln und füllte die eine mit Leberkässemmeln, die andere mit Bier aus der Flasche, worauf Hans Josef und sein wuscheliger

Freund erwartungsvoll hechelnd auf die Näpfe starrten. Der immer noch am Schreibtisch arbeitende Varoufakis schüttelte nur den Kopf über solch primitives Verhalten.

20. Kapitel

Elfie Briest hatte einen Text vorgetragen über Leute, die immer nur ins Handy schauen und schließlich überfahren werden oder Abhänge hinunterstürzen, eine nicht ganz neue Thematik. Und Bodo Mögen gab wieder den Text mit dem kalten Asphalt zum Besten, den Quirin ja bereits kannte. Er nutzte die Gelegenheit, um auf die Toilette zu gehen. Nach einem skeptischen Blick auf die Pissoirs entschied er sich für eine der absperrbaren Kabinen, obwohl er nur pinkeln musste. Aber manchmal war ihm etwas Privatsphäre ganz lieb. Während er sein Geschäft verrichtete, hörte er, wie die Tür aufgerissen wurde und zwei Burschen hereinkamen, die gerade in ein höchst spannendes Gespräch vertieft waren. In weiser Voraussicht verhielt Quirin sich ruhig.

»Die hat mit den Typen gespielt«, stellte der eine seine Sichtweise dar. »Klar isses scheiße, dass sie so erbärmlich verreckt ist, aber einige sind darüber vermutlich nicht gerade unglücklich.«

»Logo«, bestätigte der andere. »Gerade die Sache mit Hinnerck und Lucky war ja wohl echt der Hammer. Da wär ich komplett ausgeflippt, ich hab gar nicht verstanden, dass der Lucky sich das hat bieten lassen.«

Quirin riss überrascht die Augen auf. Die beiden sprachen zweifelsohne von Zebra!

»Wieso, was war denn da noch mal?«

»Bei der Aftershowparty in Rosenheim hat der Lucky mal wieder Vollgas gegeben, aber die Zebra hat einfach nicht auf den gestanden, von wegen *Wir sind doch gute Freunde* und so. Und dann ist sie spät nachts mit dem Hinnerck und seinem Bruder in das Zimmer rein, wo der Lucky gepennt hat, und hat es dort, quasi vor Luckys Augen, mit den beiden getrieben.«

»Was? Die hat einen Dreier mit dem ekligen Hinnerck gemacht?«

»Ja! Und mit dem noch viel ekligeren Bruder!«

»Bist du dir da ganz sicher?«

»Ja, weil der Lucky hat sich dann verkrümelt, der hatte darauf keinen Bock, und er ist zu uns in die Küche, wo wir noch ein paar Tüten geraucht haben. Der war komplett gelöscht, das hat den echt fertiggemacht.«

Vom Pissoir aus war nun die Spülung zu hören. Die beiden Typen verließen den Toilettenbereich, und Quirin konnte den weiteren Verlauf ihrer Unterhaltung nicht mehr verstehen. Das machte nichts, immerhin waren diese neuen Informationen schon mehr als interessant! Er wusch sich die Hände und entschied sich, heimzufahren und die neuen Einsichten, Hinweise und Vermutungen aufzuschreiben. Um keine Zeit zu verlieren und weil es ja noch den »Fall auf zweiter Ebene« gab, wie Hans Josef scherzhaft zu sagen pflegte, nahm er sich ein Taxi.

Der Fahrer kam aus Dänemark und kannte den seltsamen Kollegen Grandmaster Flash nicht, wie sich rasch herausstellte. Dafür hörte er guten Jazz und erzählte Witze am laufenden Band. Sein persönliches Highlight hob er sich bis zum Schluss auf. Als sie schon vor Quirins Haus standen, legte der Däne los: »Ein Taxifahrer hat eine Nonne als Fahrgast. Wie sie so durch die Pampa zum Nonnenkloster fahren, fragt der Fahrer: *Legt man als Nonne eigentlich seinen Nachnamen ab?* Daraufhin die Nonne: *Nein, aber wir werden nur mit Schwester und dem Vornamen angesprochen. Ich beispielsweise heiße Schwester Hermine.* Daraufhin der Taxifahrer: *Interessant.* Die Nonne: *Dürfte ich auch Ihren Namen erfahren?* Der Taxifahrer: *Ich heiße so, wie das, was Sie in den späten Abendstunden am liebsten zwischen die Finger nehmen.* Die Nonne überlegt kurz, errötet, nickt dann zufrieden und sagt, als sie an der Klosterpforte angekommen sind und sie bezahlt hat: *Dann wünsch ich Ihnen noch einen schönen Tag, Herr Klitoris. Sind Sie eigentlich Grieche?* Der Taxifahrer schaut sie verdutzt an und sagt: *Grieche? Wo denken Sie hin! Ich komme aus Tel Aviv, und mein Name ist nicht Klitoris, sondern Rosenkranz!*«

21. Kapitel

Nachdem Quirin sich erheitert von dem originellen Dänen verabschiedet hatte, stieg er die Treppe zu seiner Wohnung hinauf. Durch den Türspalt bemerkte er dabei Licht im gemeinsamen Büro. Waren etwa Einbrecher am Werk? Hans Josef war doch auf seinem Streichel-Seminar. Er eilte die Stufen zu seiner Wohnung hinauf, holte seinen Baseballschläger, rannte wieder hinunter und sperrte die Tür zum Büro auf.

»Hallo?«, rief er in den Gang hinein.

»Hallo, Quirin!«, antwortete Hans Josef Strauß umgehend aus dem Wohnzimmer.

Erleichtert ließ Quirin den Baseballschläger sinken.

»Was machst du denn schon hier? Wolltest du nicht Liebe mit Schauspielschülerinnen machen?«

»Hab ich schon«, gluckste Hans Josef Strauß mit verschmitztem Lächeln.

»Oh, und? Wars gut?«

»Ja, traumhaft. Ich hatte das exklusive Vergnügen, mit der lesbischen Nichte der verstorbenen Zebra intim zu werden.«

»Ist das dein Ernst? Du hast mit der Hauptverdächtigen geschlafen?«

»Sie ist nicht mehr Hauptverdächtige.«

»Aha. Hat sie dir das geschworen?«

»Quatsch!« Hans Josef schmunzelte. »Ich hab einen ziemlich dringenden Verdacht.«

»Das trifft sich gut. Ich nämlich auch.«

»Oh, was ist deine Vermutung?«

»Erst du!«

»Nein, bitte, ich lasse dir den Vortritt.«

»Dann beide gleichzeitig auf drei.«

»In Ordnung«, bestätigte Hans Josef Strauß und begann zu zählen. »Eins, zwo, drei!«

Beide zögerten eine Hundertstelsekunde und plärrten dann im Chor: »Lucky!«

Verblüfft starrten sie einander an. Dann lachten sie wie zwei Schulkinder, die einen besonders gelungenen Streich ausgeheckt hatten. Anschließend erzählte Hans Josef von seinen Überlegungen, nach denen nur ein Mitarbeiter oder Lucky selbst der Täter sein konnte, und Quirin berichtete von seinem Gespräch mit Atlas und dem Dialog, den er auf der ›Vereinsheim‹-Toilette belauscht hatte.

»Der Lucky musste also der Zebra beim Sex mit anderen zuschauen, obwohl er in sie verliebt war«, brummte Hans Josef. »Das ist schon eine ziemliche Demütigung und damit ein absolut brauchbares Motiv.«

»Nur, wie hat er das mit dem Schlüssel gemacht?«, erkundigte sich Quirin. »Irgendeine Art von Magie muss da passiert sein. Der Schlüssel ist nach wie vor der Dreh- und Angelpunkt der ganzen Geschichte.«

»Stimmt. Dafür hab ich leider auch noch keine Lösung.«

»Ich hab mir überlegt, mal meinen alten Zauberkasten vom Speicher zu holen. Ist vielleicht Schwachsinn, aber wer weiß, vielleicht finden wir ja einen Hinweis?«

»Nicht schlecht, Quirin. Bitte hol ihn doch sofort!«

Auf dem Speicher des Mietshauses stapelten sich dutzendweise Gesellschaftsspiele: Hase und Igel, das Malefizspiel, Risiko, eine Spielesammlung mit Halma und Mühle, ein Leiterspiel, Würfelbecher und ein Stapel alter *MAD*-Hefte. Endlich wurde Quirin fündig: In einer großen Pappkiste lagen neben ein paar Kaschperlfiguren der alte Zauberkasten sowie der blaue Detektivkoffer, mit dem er früher so oft gespielt hatte. Mann, den hatte er völlig vergessen!

»Da schau amal her«, strahlte Quirin, als er beides ins Wohnzimmer trug. »Ich wollt als Kind nämlich schon Detektiv werden.«

»Nachmacher«, scherzte Hans Josef.

Quirin öffnete zuerst den Zauberkasten. Gespannt spähten die beiden Detektive hinein. Im Innern befanden sich zahlreiche Spielkarten, Zauberstäbe, Ringe, Schnüre, Plastikkapseln und Schaumstoffkugeln. Außerdem ein Buch mit Anleitungen für Zaubertricks. Quirin blätterte darin, während er mit der anderen Hand einen dunkelblauen Kelch mit gleichfarbigem Deckel herausnahm.

»Hier steht«, sprach er feierlich, »dass es sich bei diesem Gefäß um einen Zauberpokal handelt.«

Er hob den blauen Deckel ab. Zum Vorschein kam eine rote Kugel, die er Hans Josef in die Hand drückte.

»Eine Vase aus dem Chinaland«, las er aus dem Buch vor, »halt ich hier in meiner Hand.«

Dann nahm er die Kugel wieder an sich, legte sie in den Pokal und schloss den Deckel. Draußen schlugen die Glocken der Heiliggeistkirche elf Uhr.

»Noch ist die Perle dort. Und schon an einem andren Ort.«

Quirin öffnete den Deckel erneut und schaute gespannt hinein. Mit triumphierendem Gesichtsausdruck präsentierte er dann den Kelch seinem Kollegen. Die Kugel war verschwunden.

»Potzblitz!«, staunte Hans Josef Strauß. »Wenn du die jetzt wieder herbeizaubern kannst, bin ich wirklich baff.«

Quirin bemerkte zwar den leisen Spott des Freundes, aber insgeheim freute er sich, dass er die Nummer nach all den Jahren noch immer so gut draufhatte. Simsalabim, und er hatte die Kugel wieder herbeigezaubert.

»Toll!« Wieder empfand Hans Josef, dass dieses »Toll« sämtliche weiteren Worte ersetzte. Es stand für Ironie, sanften Hohn und liebevolle, gespielte Bewunderung. »Wenn jetzt da noch ein Schlüssel-Trick drin wär …«

»Damit kann ich leider nicht dienen. Aber super Kartentricks gibt es«, bedauerte Quirin.

»Komm, lass uns lieber weiter überlegen. Wir müssen in Sachen Zebra langsam mal zu Potte kommen.«

»Da fällt mir ein, ich glaub, der Bluttest ist da.«

»Was? Und das sagst du jetzt erst?«

»Ja, der ist unten im Briefkasten!«

Vier Minuten später war Quirin wieder oben, und sie öffneten zügig, aber doch andächtig den weißen Umschlag. Er enthielt, wie erwartet, ein inoffizielles Schreiben des ehemaligen Gerichtsmediziners Max Hartl, dem Bruder ihres Vermieters, sowie die Ergebnisse des Bluttests.

Sehr geehrter Herr Hausner,
sehr geehrter Herr Strauß,

mit der Bitte um absolute Verschwiegenheit bin ich Ihrem Wunsch gefolgt und habe den Bluttest von Frau Rammelsberger persönlich übernommen. Wie Sie richtig vermutet hatten, enthielt das Blut der Verstorbenen neben dem Schlafmittel Zopiclon eine nicht geringe Dosis Tilidinhydrochlorid sowie Gammahydroxybuttersäure, im Volksmund K-o.-Tropfen genannt. Die Wirkung ist in dieser Mischung nicht ungefährlich, in Kombination mit einem Schlafmittel kann es vereinzelt zu Atemstillstand kommen. In jedem Fall treten bei diesen Mengen die typischen Symptome ein: Willenlosigkeit und Bewusstlosigkeit. Hätte die Verstorbene überlebt, wäre mit starken Erinnerungslücken zu rechnen gewesen. Jedoch wies der Körper der Toten ja laut Polizei keinerlei Spuren einer Vergewaltigung auf. Ich bitte Sie, diesen Bericht nur für interne Zwecke zu verwenden, da ich den Bluttest ohne Genehmigung durchgeführt habe.

Herzliche Grüße,
Max Hartl

»K.-o.-Tropfen also«, sinnierte Hans Josef Strauß. »Ich rekonstruiere die ganze Sache noch einmal. Zebra hat sich hingelegt und ihre Schlaftabletten genommen. Lucky wusste das und konnte sich ausrechnen, dass sie, sagen wir mal um sechzehn Uhr dreißig, tief und fest schläft. Sie hat nicht abgesperrt, wegen ihrer Phobie vor dem Klopfen, und auch das wusste Lucky. Also ist er in einem unbeobachteten

Moment raufgegangen, weil unten sowieso alle Leute in hektischer Beschäftigung waren und sein kurzes Fehlen niemandem auffiel. Oben hat er ihr irgendwie die K.-o.-Tropfen verabreicht.«

»Wie hat er das deiner Meinung nach gemacht?«

»Was weiß ich, mit einem Löffel vielleicht. Auf jeden Fall hat sie die Tropfen nicht selbst genommen, sonst hätte man ja das dazugehörige Fläschchen gefunden. Außerdem wird man nach K.-o.-Tropfen balla balla, das weiß jeder, und sie wollte ja immerhin danach noch im Finale auftreten.«

»Das bringt mich jetzt durcheinander.«

»Eben. Bleiben wir beim Täter. Er gibt ihr die Tropfen, um zu verhindern, dass sie aufwacht.«

»Schon möglich, dass er sich ursprünglich an ihr vergehen wollte«, gab Quirin zu bedenken.

»Kann sein, ist aber wurst.«

»Wurscht heißt des.«

»Wir müssen jetzt den Fall lösen und keine Heimatkunde betreiben«, schimpfte Hans Josef und ärgerte sich insgeheim, dass er immer noch *wurst* und nicht *wurscht* sagte. »Gut, sie schläft also tief und fest, er macht den Wasserkocher an und wartet, bis es zu schwelen anfängt. Er hat sich das ja vermutlich vorher genau überlegt und wollte es unbedingt wie einen Unfall aussehen lassen. Er musste es also so anstellen, dass alle Welt glauben würde, sie hätte von innen abgesperrt.«

»Genau«, stimmte Quirin zu.

»Ihm war somit klar, dass er von außen mit dem Zweitschlüssel aufsperren wird, sobald die Leute auf den Geruch aufmerksam geworden sind. Vielleicht hat ja der andere Schlüssel gar nicht von innen gesteckt?«

»Wie? Wo sollte er sonst gesteckt haben?«

»Vielleicht hat Lucky den Wohnungsschlüssel ja absichtlich auf den Fußboden gelegt und nur so *getan*, als ob er nicht aufsperren könnte.«

»Dann hätte er ja auch so tun müssen, als ob er ihn mit dem Draht nach innen schubsen würde.«

»Absolut richtig«, bestätigte Hans Josef, und seine Augen begannen zu glänzen, so wie sie es jedes Mal taten, wenn er einen Fall so gut wie gelöst hatte. »Lucky hat die Nummer so perfekt gespielt, dass keiner daran gezweifelt hat. Auch der Moderator nicht, dieser Atlas, der zur Hilfe geeilt kam und versucht hat, die Tür aufzubrechen. Den brauchte Lucky, und zwar als Zeugen.«

»Was wäre denn gewesen, wenn Atlas sie tatsächlich aufgebrochen hätte?«

»Dann hätte jeder gesagt, durch die Wucht des Aufbrechens ist der Schlüssel innen aus dem Schloss gefallen.« Hans Josef hielt einen Moment inne und grübelte. Dann gab er zu bedenken: »Aber es war ja so, dass er in der offiziellen Version den innen steckenden Schlüssel mit dem Draht aus dem Schloss befördert hat.«

»Auf den Parkettboden.«

»Auf den Parkettboden. Man hätte es also deutlich hören müssen, wenn der Schlüssel tatsächlich runtergefallen und auf dem harten Parkettboden aufgekommen wäre.«

»Augenblick mal«, überlegte Quirin. »Ich habe ja heute Abend im ›Vereinsheim‹ noch mal mit Atlas gesprochen. Er meinte, er würde sich laufend an den Tag von Zebras Tod erinnern und vor allem an die Situation vor der Tür. Er sprach von einer gespenstischen Stille und von der Anspannung aller, die vor der Tür standen.«

»Gespenstische Stille?«, wieherte Hans Josef und sprang auf. »Kannst du ihn um diese Zeit noch anrufen?«

»Ich glaub schon. Er ist bestimmt noch beim Slam.«

Atlas nahm sofort ab. Im Hintergrund lief Gitarrenmusik. Quirin stellte den Lautsprecher an, damit Hans Josef mithören konnte.

»Hey Quirin, bist du schon gegangen? Ich hab dich gar nicht mehr gesehen. Hats dir gefallen?«

»Ja, ja, ich bin gegangen. Aber darum geht's jetzt nicht, ich hab eine wichtige Frage.«

»Was denn?«

»Wegen Zebras Tod. Als Lucky den Schlüssel nach innen gestoßen hat … Du sprachst vorhin von einer gespenstischen Stille.«

»Ja, diese Stille macht mich immer noch fertig. Die geht mir nicht mehr aus dem Kopf. Aber was meinst du genau?«

»Hast du den Schlüssel hinter der Tür auf dem Boden aufkommen hören, als Lucky ihn reingestoßen hat?«

»Boah, das weiß ich nicht. Äh … also, wenn du so fragst, nein, ich hab das komischerweise nicht gehört. Das ist wirklich seltsam. Wie kommst du denn jetzt darauf?«

»Ich glaube, wir sind der Lösung ziemlich nah. Ich ruf dich morgen mal an und erzähl es dir. Bitte sprich erst mal mit keinem drüber. Kannst du mir das versprechen?«

»Ja, natürlich. Boah, ich ahne Fürchterliches.«

»Möglicherweise. Bitte halt bis morgen durch, ich meld mich. Versprochen.«

»Okay. Hey, gutes Gelingen!«

»Danke.«

Quirin legte auf. Hans Josef blickte nachdenklich ins Zimmereck. Sie schwiegen eine Weile. Dann sagte der Westfale: »Lucky ist unser Täter, das steht fest. Aber wie können wir es ihm nachweisen? Allein der Umstand, dass Atlas den Schlüssel nicht gehört hat, ist kein hieb- und stichfester Beweis, auf dieser Grundlage wird niemand verhaftet. Aber warte mal, gib mir bitte mal den Detektivkoffer.«

Quirin warf seinem Kollegen einen verdutzten Blick zu, tat aber, wie ihm geheißen.

»Also, was ist da alles drin …«, überlegte Hans Josef, während er den Detektivkoffer öffnete und das Begleitheftchen herausnahm. »Aha. Es gibt eine Kamera, ein Taschenmikroskop, eine Pinzette, drei Spurenbehälter, eine Lupe, Handschuhe, Abformknetmasse, einen Geheimschreiber, einen Notizblock, einen Kugelschreiber und – da haben wirs ja! – Fingerabdruckpulver mit Pinsel!«

Hans Josef sprintete wie von der Tarantel gestochen los in Richtung Büro, Quirin eilte ihm hinterher. Als der Bayer dort ankam, saß Hans Josef bereits am Schreibtisch, hatte sich die OP-Handschuhe angezogen und die beiden Schlüssel vor sich drapiert. Nun streute er das Fingerabdruckpulver auf die Schlüssel und das Etikett, entfernte mit dem Pinsel vorsichtig das überschüssige Pulver, riss einige Streifen Tesafilm von dem Spender direkt vor ihm ab und klebte sie auf die mit Pulver bestreuten Beweisstücke. Dann zog er die Klebestreifen wieder ab und klebte sie nebeneinander auf ein weißes Blatt Papier. Einige Minuten lang studierte er das Ergebnis mit höchster Konzentration.

»Hab ichs mir doch gedacht!«, rief er dann begeistert aus. »Es ist eine klare Sache: Alle Fingerabdrücke stammen von derselben Person! Und da es definitiv Lucky war, der die Tür aufgesperrt hat, können es folglich nur seine sein! Zebra hat die Schlüssel niemals berührt, sonst wären ja ihre Fingerabdrücke ebenfalls darauf zu finden.«

»Krass«, brachte Quirin hervor und warf seinem Partner einen bewundernden Blick zu. »Du hast den Fall gelöst, ohne dass wir den Täter konkret im Visier hatten. Wir haben ihn ja noch nicht mal verhört! Das ist schon ein Ding, Hans Josef.«

Hans Josef Strauß quittierte dieses Kompliment mit einem zufriedenen Lächeln.

Eine halbe Stunde später saßen die beiden Detektive auf der Polizeiwache, gaben alles zu Protokoll, präsentierten das Blatt mit den verräterischen Fingerabdrücken und veranlassten so die Verhaftung von Peter Aspora, genannt Lucky. Der fiel zwar aus allen Wolken, als die Polizei bei ihm auftauchte, ließ sich dann aber widerstandslos festnehmen und gestand noch in derselben Nacht. Jahrelang habe er um Zebras Liebe gebuhlt, sie habe ihn stets zurückgewiesen und ihn dann mit jener Aktion in Rosenheim zutiefst gedemütigt. Deshalb habe sein Entschluss, sie zu töten, seit jener Nacht festgestanden.

22. Kapitel

Beim Frühstück am nächsten Morgen ließen Quirin und Hans Josef die Geschehnisse der letzten Tage noch mal Revue passieren, nachdem Quirin Varoufakis zu seinem Herrchen zurückgebracht hatte. Die beiden Detektive hatten nun noch ein paar Kleinigkeiten zu erledigen. Hans Josef würde bei Frau Rammelsberger, Zebras Mutter, anrufen und ihr den Abschlussbericht durchgeben. Quirin würde sich mit Grandmaster Flash treffen und die bisherigen Ergebnisse überbringen.

»Und was ist mit deiner Schauspielschule und dem Sprechunterricht?«, fragte Quirin.

»Da ist das letzte Wort noch nicht gesprochen«, antwortete Hans Josef Strauß geheimnistuerisch.

Um 14:30 Uhr verließ Hans Josef die Autobahn A95 und nahm die Ausfahrt Murnau/Kochel. Er würde es gerade noch rechtzeitig zum Vereinigungsritual schaffen. Seine Aura war blau. Azurblau.

Dank an

Meine lieben Eltern
Meine Freunde aus der Lesebühnenszene
Meine Freunde aus der Slam-Szene
Walter »Rabe« Barndt
Bettina »Wumbo« Zajko
Jaromir Konecny
Thomas Spitzer
Moritz Hürtgen
Elias Hauck
Johannes Raspe
Stefan Donaubauer
Caro Kania
Dieter
Didi
Thommy
Jörg
Wilfried